南昌市文学艺术院作家书系

瞳孔

宋小词　著

四个让人热泪盈眶的故事、四种让我们仰望星辰的黑暗

江苏凤凰文艺出版社
JIANGSU PHOENIX LITERATURE AND ART PUBLISHING LTD

图书在版编目（CIP）数据

瞳孔 / 宋小词著. — 南京：江苏凤凰文艺出版社，2016
（南昌市文学艺术院作家书系）
ISBN 978-7-5399-9511-3

Ⅰ. ①瞳… Ⅱ. ①宋… Ⅲ. ①中篇小说－小说集－中国－当代 Ⅳ. ①I247.5

中国版本图书馆 CIP 数据核字(2016)第 171287 号

书　　名	瞳孔
著　　者	宋小词
责任编辑	黄孝阳　汪　旭
出版发行	凤凰出版传媒股份有限公司 江苏凤凰文艺出版社
出版社地址	南京市中央路 165 号，邮编：210009
出版社网址	http://www.jswenyi.com
经　　销	凤凰出版传媒股份有限公司
印　　刷	保定市铭泰达印刷有限公司
开　　本	880×1230 毫米 1/32
印　　张	7.625
字　　数	145 千字
版　　次	2020 年 9 月第 2 次印刷
标准书号	ISBN 978-7-5399-9511-3
定　　价	59.80 元

目录

血盆经

1

入惊蛰了，天色将晚时发的春雨。春雨如铜豆，砸在瓦上、地上、树叶上，砸出一大片叮铃哐啷的声响。天火擦着地火，轰隆隆的雷一个接一个响在屋脊上。何旺子跟大伯歪在火塘边，一株柳树蔸烧得好似三魂丢了两魂，时不时地冒青烟。从房梁上牵下来的一根铁钩上挂着一把炊壶，炊壶一身黑垢，在火上保持沉默。

大伯用生锈的火钳从树蔸上打下一块火屎将烟点燃，吸了两口，然后嘴巴鼻子里就跑出一团烟雾。大伯的意思是想让何旺子去跟茶铺村的起亮学道士。

何旺子对这个安排显然不满意，乡村的道士都是披着黑袍子在死人面前哼哼唱唱，还要被人捉弄。丢人。他嘟了嘟嘴，颈子骨断了似的，连带着脑袋也耷拉下来。

大伯吐出一口痰，轻蔑地说，跟我做脸色你不够格，你又不是我生的，我这么大年纪还为你操心打算，你别不知好歹。

雷已走远，尾声像屁一样柔软。火塘没什么热气了，何旺子打了个冷颤。

何旺子七岁丧母九岁丧父，把父亲送上山后，大伯就把怀抱灵牌的何旺子牵回了家。大伯有一双儿女，儿子是瓦匠，在广东打工，女儿是裁缝，也在广东打工，每年就春节隆重地回来一趟。何旺子在大伯锅里吃了一年饭后，大妈将田甩给了邻人也到广东打工去了，在儿子做工的工地上给人做饭。大妈走了，大伯守不住城，就做主让正读初二的何旺子下学，这让何旺子身上松快一大截。他读不进书，他宁可进红火灶也不愿进学校，不仅同学老师嫌他，连窗口打饭的师傅都嫌他，打了一瓢还要一瓢，看不懂天色又看不懂脸色，磨人。他还讨厌他的同学们随随便便就跟他取绰号，什么妹娃子、小男妖、娘娘腔、矮瘪瘪等，这些绰号像一坨坨屎拉在他脑袋上，弄得他臭气熏天。

下学后，大伯就安排他跟人学手艺。当学徒就有人管饭，大伯就可以出门了。学了一年裁缝，钉扣子钉得颗颗对不上眼，缝的裤子一条腿能扫着地，一条腿还吊在小腿肚上。裁缝师傅跟人赔钱赔工又赔生意。还未出师，裁缝一个电话把大伯给打了回来，让领回去。那就学篾匠吧，学了三个月，手上脸上身上被篾片划得全是血口子，篾匠师傅从他拿篾刀剖竹子看出这孩子不止脑子少一根筋，心上还缺个窟窿眼，拨一下动一下，没用神，也退了他。后又学理发，在理发店里做了两个月学徒，店老板就对他大伯摇了手，说，这孩子来店一个月后试着让他给客人洗头，客人头发还未曾打湿，衣服倒是全湿透了，连袜子都能拧出水来。他来这两月，我客源丢了一大半，我这哪是招学徒分明是招了一瘟神。大伯从广东赶回来，在理发店给了他一巴掌，扇得他在地上转了两圈。回了家，大伯折了柳树条朝他身上抽。大伯说，叫你拖累我，叫你拖累我，这也学不好，那也学不好，死了得了。大伯无论怎么打，都不打他的头，大伯怕打头把他打得更笨了。大伯不打头，何旺子心里便不怎么生恨。

在大伯决定他学道士前，何旺子牵了一年的瞎子。那瞎子是邻村的一个算命先生，走村串巷给人算命，生意不好，但糊两张嘴是没有问题的。只要天不下雨，何旺子每天都会去瞎子那里。瞎子一手拄着棍，一手搭在他的肩膀上推背图似的推着他往前走。何旺子斜挎着签筒，怀里抱着胡琴，走村串巷，偶尔也到镇上或邻镇上。过一个人家就将手里的胡琴拉一阵响，嘴里没心没肺地嚷着，算命啦，算命啦。

牵一年瞎子，何旺子连四柱八字怎么排都不清楚，倒学会了拉胡琴。瞎子手把手教他拉《小妹今年一十七》，还教他唱，小妹今年一十七呀，收拾打扮去看戏，外带小生意啊，依啊哟，外带小生意啊。瞎子唱得有滋有味，脸上生出釉光。瞎子还鼓动旺子跟他一块唱，说，旺子，人活着就图一快活，有吃饱饱胀，无吃烧火向，命好命歹都是一生，日子过完了都得往坟里爬，爬到坟里了就再不能出声了，所以人活着都得闹出点动静来，来唱唱曲热闹一下。何旺子就跟他唱起来，小妹今年一十七啊，收拾打扮去看戏，外带小生意啊……

何旺子走路从不看天，脑袋像皮球似的吊在胸前。瞎子推着何旺子，说，走路要把背捋直。何旺子赶紧把后背一挺，瞎子怎么知道他是驼着背的？何旺子觉得瞎子有些本事，心里便有些恭敬他。

他想把这个瞎子继续牵下去，可是瞎子突然就死了，他拉着胡琴拉着拉着头猛地一歪人就过去了。瞎子给何旺子留了五千块钱，说是何旺子一年的脚路钱。握着钱回来，半道上，何旺子看见路边一根埋在泥里的竹棍子，忽然觉得胸口堵得慌，便放响地大哭起来。

这个年，何旺子过得有些悲伤。瞎子一死，他觉得心里的一盏亮灯又灭了，不知道大伯又如何安排他？自大妈去广东打工后，堂哥堂姐和大妈都不回来过年了，大伯每晚睡觉在床上像煎烧饼，翻过来又翻过去。有时睡到半夜，大伯还坐起来骂何旺子的爹妈，狗日的你们两手一甩享清福，给老子弄这么个包袱？“包袱”睡在对面的小床上大气也不敢出。

半夜里大伯捶着床叫旺子。

何旺子立刻光着身子竖在大伯床前。大伯吐出一口痰，说，你个狗日的，老子这次给你的安排，你要再待不长久，弄个三五个月就让人辞退，你他妈直接去跳大堰淹死了算了，老子这把老骨头，经不起你这个杂种日的折腾了。听到没？

听到了。何旺子轻声地说。

去！

何旺子复又回到床上，刚刚温热的被窝现在又是一片冰凉。何旺子卷紧被子，蜷着身子，睁着眼睛看着房梁，眼睛里有团湿漉漉的东西，他用了半宿的工夫硬是生生地给憋回去了。

那天晚上他想，学道士就学道士吧。一根草儿一颗露水，不会饿死的。

2

一夜春雨，村庄又攒出许多绿意来，太阳刚出笼，新鲜得很，照得人眼睛和心里都亮堂堂的。大伯左手提着两块黄沁沁的腊肉，右手提着一大壶粮食酒。何旺子要学道士的事，村小组的人似乎早就知道了。几个太婆和鳏夫守在村口超市那儿跟大伯打招呼，说，旺子去学道士啦？说着还呵呵地笑，有嘲弄的意思。何旺子朝说话的人白了一眼。

马太婆拄着拐杖，用掉了牙的嘴叮嘱何旺子说，旺子，这个要好好学。

何旺子点着头说，学好了就从你开始。

超市门口顿时响起一阵笑声。大伯一巴掌轻轻拍在他的脑袋上，说，小狗日的，还学会编派人了。何旺子头一扭，躲开了大伯。他随手撇下一根杨树枝，扬起一甩，路边隔生的几株油菜就倒了地。何旺子就这样，开在路边的花总逃不开他的闷棍。

在路上碰到了邻组放财神的六儿。六儿手里握着厚厚一卷红纸条，红纸条上用黑笔歪歪扭扭写着“财神”俩字。两个裤兜鼓鼓囊囊的。六儿的嘴巴像红艳艳的，都是沾口水贴财神，被红纸染的，有一抹红还窜到人中上去了，让何旺子好笑。

六儿也是跟着大伯过生活的，每次看到何旺子便很亲切，隔老远就打招呼，旺子，你今儿怎不牵瞎子?

何旺子说，瞎子死了。

六儿呵呵一笑说，你干脆跟我一道放财神得了。

大伯也笑着问六儿，六儿，你过个年放财神能挣多少钱?

六儿说，挣一大把。说着就从口袋里掏出一把钱来，全是五毛一块的小票。

大伯更加乐呵了，说，嗯，确实多，可以娶一窝媳妇了。

六儿嘿嘿傻笑，老鼠似的一双眼睛里放出老鼠眼似的光亮来，说，我家大伯说了，等明年就把翠姑娘给我娶来，她能跟我生个孩子，我们冯家的香火就接上了。大伯呵呵大笑说，你大伯会配，歪锅配瘪灶。蛮好蛮好。大伯笑着，在扭头看了一眼何旺子后，笑容就垮下来了。大伯说，开过年，你都快十九了。

何旺子不作声。他对自己的年龄没有什么概念。他从未过过生日，以前父母在世时就从不提他的生日，父母成天泡在田地里一门心思地挣钱，何旺子有先天性心脏病，要花几万块才能治好。后来，父母就没再提治病一事了，他们打算将钱留着生二胎，在母亲去乡卫生院取环回来的路上，被一种叫血鳝根的毒蛇咬到了脚背，还没等医蛇毒的先生到，母亲就落气了。母亲一死父亲无管无收，天天打牌喝酒，田地里稗草长齐腰身也懒得管，老本吃完了父亲也死了，他冬夜里在别人家喝醉了跌到大堰里淹死的。何旺子曾掰着手指头盼了一年，可三百六十五天，竟匀不出一天来做他的生日。一年一年就这么过来了。后来他把自己的生日悄悄定在了大年三十，那天有吃有穿很适合做生日。

大伯继续说，等翠儿跟六儿生了孩子后，我也把翠儿跟你弄来。你虽无用神，但你们幺房的香火不能断，不然，我这大伯将来死了也没脸见你爹。

说起来，何旺子跟翠儿还同过班，两人曾共一条长板凳在到处裂缝的小学校里读过“a、o、e”。翠儿头发枯黄，像晒干的稻草，眼珠子似抹了糨糊，转一下就跟扭老电视的频道一样得费点劲，脬脸，嘴巴短，连牙齿都包不住，翠儿是傻子，生得也就一副傻样。何旺子不喜欢她，用粉笔在桌上重重画了条线，一上课，两人的胳膊肘就推来推去，弄得袖子上全是白灰。还打架，用课本打，啪啪啪，打得纸片满天飞。最后两人就抱在一起扭打，何旺子身子单薄像根芝麻秆，翠儿身子壮实像盘磨，三下五除二就将何旺子压在了身下。一年后，何旺子甩掉翠儿到二年级去读“上中下天地人”去了，翠儿还在一年级读“ɑ、o、e”，连续读了三年就下学了。

同在一个村里，何旺子经常看到翠儿。翠儿依旧是嘴巴包不住牙齿，以前翠儿只是脸上发了酵，面团似的，现在翠儿的胸跟屁股也跟着一起发酵了，到处扯帐篷般胀鼓鼓的。每次见到何旺子，翠儿那眼珠子就上吊似的往上翻。何旺子就对着她乱拉一阵胡琴，说，你还记着仇呢？

翠儿屁股一抬，脖子一扭“哼”一声就走了，那眼睛如卷了口的刀子迟缓地剜了何旺子一刀。

瞎子问，是翠儿吧。何旺子说，是呢。瞎子说，她是个俏八字。何旺子说，俏八字？瞎子说，跟谁都配着呢。

听说翠儿十五岁就寻了人家，是邻镇一个比她大十岁的哑巴，嫁过去一年后就替哑巴生了个儿子。翠儿恋家，在别家屋里待不长，总爱跑回来，哑巴家里还曾用绳子锁过她。那时翠儿妈还在，翠儿妈是个护犊子的，提着把菜刀跑人家家里一刀插人家饭桌上，说，老子姑娘虽是个傻子，可不是畜生，你们这样再这样欺负她，老娘剁了你们。哑巴没办法好歹哄着翠儿生了孩子，喂奶喂到四个月，翠儿再跑回娘家，哑巴也就懒得去接了，后来这婚就给离了。离了不到两月，翠儿就又出嫁了，嫁的是个傻子，不到一年翠儿给傻子也生了个儿子，翠儿照样爱跑回娘家，傻子最后也跟翠儿离了。

翠儿今年二十岁，嫁了四次，生了四个孩子。翠儿妈在翠儿生第二个孩子的时候就患癌死了，死的时候眼睛是睁着的，道士念了三天经都没闭上，没办法就这么睁着眼去火化的。剩下个奶奶耳朵聋成门板，听什么话都跟车风车一样，给翠儿做主的是她的姑妈。姑妈不傻也不聋，见了钱更是心明眼亮。

走了很长一段路，大伯像是生了气，说，六儿的大伯最会敲算盘，娶翠儿最划算，又不用摆酒也不用请客，出几千块钱，就可把人领来，她还会生孩子，生的都是儿子。他冯家幺房的香火算是续上了。

3

茶铺村漫山遍野都是茶树，春雨洗过，一株株油光水滑。许多茶树的枝桠间都已绽出米粒大小的嫩芽，泛着绿光。

大伯站在坡地歇了口气，说，再过几天就是茶期了，你要帮着师傅采茶，给人做徒弟，要舍得下力气。

何旺子吸吸鼻子，说，嗯。

过了那道长长的坡，就到了起亮道士的家。四四方方的水泥稻场围了一圈白色的栏杆，木栅门大开着，两旁种的是蔷薇，一辆银白色的面包车光闪闪地停在角落里，车屁股后面还贴了道符。

一个穿暗红色棉袄的女人蹲在屋檐下刷牙，看见他们后，朝屋里喊了声，起亮，来客了。

不一会儿，一个穿着灰色夹克和蓝色牛仔裤的男子便走了出来，手里拿着一包烟，隔老远就抽出一支，递给大伯。大伯两手没空只能用耳朵接过。大伯将手里的腊肉和烧酒朝起亮扬了扬说，小心意。起亮接过，说，莫客气。

大伯将身后的何旺子扯了过来，朝起亮跟前一推，说，旺子，这就是起亮师傅。

何旺子忽然红了脸，扭捏着不愿到师傅跟前。急了，干脆转过身去。

大伯照他的背捶了一拳，又对起亮说，我也不指望他将来能组个班子，你带他一天是一天，混口饭吃。这孩子，个子矮，脑子笨，就这个样，能干什么呢？将来等我百年了，他就只能进福利院。起亮说，先进屋吧。

屋子收拾得很干净，堂屋的正墙上挂着一幅画，一个须发倒竖的男子，瞪着铜铃般大小的眼睛，举着剑，骑着一只老虎，那老虎四脚踏云，张着血盆大口，一副要吃人的样子。看得何旺子肉跳。

画像前是一张八仙桌，桌上三个盘子装着橘子、梨子和香蕉，一个铜香炉，炉里的三支香已经燃尽，中间那支香还有半指长的灰烬未落下，弯弯地吊在香桩上。屋子里有股浓重的檀木香味。

饭是在堂屋旁边的一个屋吃的。那个穿红棉袄的胖女人很是麻利，小半会工夫，热腾腾的菜就把桌子给铺满了。何旺子牵张瞎子时跟着瞎子一道也吃过百家饭。瞎子说，桌上的饭菜是主家的家底也是主家的心情。何旺子觉得道士家底子厚，心情也厚。桌上有腊鱼腊肉，鱼糕鱼丸，有猪蹄炖海带，还有鸡子和萝卜做成的炉子，几盘小菜炒得有红有白，很好吃的样子。

大伯跟起亮边吃边聊。起亮有个儿子做木匠，在外面包一些活儿干。起亮的道士班子原先有八个人，一个出车祸死了，一个到外地打工去了，现只剩六个人，都在六十岁上下。起亮说，做法事，光念经还可以，如果步罡踏斗，道场绕棺就发虚汗，上气接不了下气。如今，年轻人谁看得上这门营生，说是什么老封建，都学手艺出去打工了。等我们这班老的去了，这乡里以后再死了人，都过不了奈何桥了。

大伯对能否过奈何桥不怎么看重，他抿了一口酒，问道，现在老了人一场法事做下来要多少钱?

起亮说，现在的人重生不重死，也不会做全套法事，也就三四千块钱。

大伯说，一个月可做多少场法事?

起亮说，大概四五场吧。

大伯就算了起来，说，一场最低算三千，一个月就是一万五，你得五千，余下一万六个人分，一人也能分个一千大几，收入可以啊，还不算田地和茶园的。大伯四处打量着屋子，说，你看你们家又是瓷砖又是彩电，还有车，比我们到外面打工强多了。大伯捏着手指头越说越兴奋。

大伯将何旺子一拍，旺子，好好跟起亮师傅学。

何旺子饭还没吃饱，大伯就把他的碗夺下。大伯从袄子里面的口袋里掏出一叠钱来，那是三千块钱，还是瞎子留给他的。大伯递给起亮，说，亮先生，你就收下他吧，让他跟着你，找口饭吃。这是拜师钱，少了点，但我们也只有这个能力。

起亮在剔牙齿，一只手遮住嘴，但从手上的动作可以看出，食物扎在了他最里面的一颗上牙里。何旺子觉得起亮不会答应大伯的要求，可剔完牙的起亮接过了大伯手里的钱。

起亮领了何旺子到堂屋。指着那幅画像说，这是张道陵张天师，我们这个教是道教的正一派，就是张天师创的。起亮拈起三根香，忽地看见香炉里的残香，略略吃了一惊，说，嘿，今天这香有点意思。大伯说，怎么了?

起亮说，这是一炷点头香。说着将手里的香点燃，递到何旺子的手里。说，给祖师爷上香，你人嫌狗嫌，但祖师爷不嫌。入了他的门，就得好好学道。

何旺子接过香径直就插在了香炉里。方才不敢多看张天师画像，现听起亮说祖师爷不嫌他，再看那幅画竟顺眼多了，不觉得有多吓人。

4

把田地托付给邻人后，大伯就出门去了。何旺子送大伯，送到村头，大伯忽然说，生有方，死有地，别看现在这些人都强势，他们都有搞不动的那一天，我们还是要回来的。

何旺子说，大伯你几时回?

大伯没回答。

何旺子说，你过端午回不回?

大伯不作声。

何旺子说，那过中秋呢? 元旦呢?

大伯说，出去一趟车费就要好几百，哪能回来得那么勤便，要过年才回呢。

何旺子说，那大妈他们都回来吗?

大伯说，那谁知道呢!

何旺子说，叫大妈回来吧，我可以单过，我老屋还在。

大伯说，以后再说吧，你大妈不是嫌你，她是挣养老钱去了，你晓得现在种田只能饱肚子。我们将来老了得病了，还要钱看病呢。不能全指望你大哥大姐。

大伯说，过几天清明，你别忘记到你爹妈坟上去插青。

何旺子说，嗯。

大伯说，好好跟起亮学，我们村这么多老人，将来死了都是你的生意。大伯让你学，能外道你？你看六儿的大伯对六儿多狠，那么冷的天要他去放财神，太阳当顶了还把他往田里赶。你要遇上那样的大伯，早死了。

在一棵楝树旁，何旺子停住脚步。说，大伯你慢走。

大伯头也不回，说，嗯，你赶紧到师傅家去吧。到人家里，眼睛光一点，见事做事。

何旺子学道士的事就成了定局。

这几天天气晴好，也没听说哪儿老人（死人），师傅出门访道去了，也就是道士间开年后的走动。师傅不在，师娘就带他去坡后面的茶园采茶。虽未到清明，但因风调雨顺气候适宜，茶树枝顶上的一些儿茶已可以采了。师娘先采给他看，说，喏，采这顶上的嫩叶，采的时候手要轻，莫惊动了茶神，来年就出不了好茶了。

何旺子一惊，眼睛四处转，说，茶神？还有茶神？在哪，在哪呢？

师娘扑哧一声笑。旁边采茶的也都听见了，也都笑起来。他们问师娘，这是哪的?

师娘说，是腰店子村的，叫何旺子，没爹没妈，跟他大伯过，现在跟我们家的那个学做道士。

何旺子踮着脚采了一把嫩芽丢进篓里。转过眼来看见师娘手指着脑袋在跟旁人比划。旁人都心领神会地点头。何旺子朝师娘的背影白了一眼，他知道师娘是在跟别人说他脑子笨。何旺子有点生气，摘了一大把白茶花丢进竹篓里。

有人问，他多大了?

师娘说，十九了。

有个女人说，可以做种了。

茶园里忽然响起一阵笑声。何旺子都不知道她们笑什么。

隔壁茶园里跟师娘一样胖的女人说，旺子你过来，我这茶园里有个茶神，我来指给你看。

何旺子说，真的? 说着就要过去。

师娘一把扯住他背后的竹篓说，听她放屁。她逗你呢，你要过去了，她要扒你裤子。何旺子一听赶紧将自己的裤子往上提了又提。茶园里又是一阵笑声。

坡上传来些动静，有混乱的脚步声和打闹声。采茶的女人们都一齐朝坡上看。是四个人，其中一个女的穿着一件红风衣，远远地就很扎眼。何旺子说，那不是翠儿吗? 我们村的。翠儿似乎不愿意往前走，走几步就想着扭头往回跑，可后面有三个人拦着她，有一个手里还握着竹杖。待走近了，何旺子才看清那握竹杖的是翠儿的姑妈。翠儿一会儿哭一会儿骂还一会儿笑。她姑妈跟在她后面脸像根苦瓜，不单颜色像那成堆的褶子更像。

有人惊悟了，说，这是到左胜那儿去的，年前就听说他要娶媳妇的，说是个憨头。

茶园里的女人们顿时就聊起了一个叫左胜的人。左胜就是翠儿要嫁的男人。听起来左胜患有母猪疯病，而且还是个瘸子，走路像踩弹簧，高一下低一下。左胜以前养一头脚猪，也就是种猪。每天早晨都赶着猪四处去给母猪配种。前几年，赶猪途中犯病了，人倒在地上，脚猪跑了，刚好跑到乡长的车轮底下，轧死了。没了脚猪就没了财路，有人叫他找乡政府闹，他就真去闹，闹了个在乡里清扫大街的活儿，每月挣个六百块钱。温饱问题解决了，便开始操心传宗接代的问题，村里也没个合适年龄的女人，就他这条件，有合适年龄的女人也看不来他。有人跟他说翠儿，他就答应了。

那点艳艳的红色渐渐消失在坡的尽头，耳边的打闹声也如浑汤般模糊不清了。茶园里的女人们又谈起翠儿妈死后都闭不上眼睛的事来。有人说，有这样的女儿，做娘的当然是放不下心。何旺子还在一棵茶树前眼看着坡那头发呆。直到听见师娘的惊叫声和呵斥声他才猛地回过神来，他蓦地打了一个冷战，眼前的这棵茶树竟是光秃秃的了。是茶神来过了？他看着师娘，师娘正气急败坏地翻检他的竹篓，然后气急败坏地将竹篓里的叶子全倒在了坡路上。师娘说，这棵树养了两三年，这下倒干净了。何旺子站在树旁掰着手指，眼睛哀哀地看着众人。众人便劝解师娘，说算了，他们村不种茶，弄不清楚。隔壁茶园的那个胖女人说，等到清明那天你在树根下绑个红绸子就好了，说不定弄了这一下，明年养得更好呢。

师娘说，你倒会说话，你刚不是要他过去看茶神吗？师娘将何旺子推了一把，说，去，帮菊香婶子采茶去。那个叫菊香的女人连连摆手，说，算了算了不用了不用了。

5

傍晚了，师傅都还没有回来，师娘就把何旺子留下了。农村里单门独院的，又是正月里，贼很多。多个人就多个胆。吃了晚饭。何旺子洗碗，师娘重燃炉灶，将锅洗净，准备炒茶。

擦黑时开始飘雨，接着便是雷，闪电像浪往窗户上扑，玻璃被雷声震得哐哐响，连地都瑟瑟发抖。师娘边炒茶边说，这雷打得像是跟人有仇似的。

何旺子在灶台后面添火，一柄火杈在灶膛里搅来搅去。师娘一个劲地叫道，火小一点，茶要煳了。

何旺子问，师娘，左胜他们家住得远吗?

师娘说，不远，下了坡再走几步就到了。

何旺子又问，左胜人好吗?

师娘说，还行，在这村里无口无嘴的。茶断青了，师娘将茶舀出来摊放在簸箕上，看了蔫蔫的何旺子一眼，师娘咧嘴笑了笑。师娘说，翠儿能找到左胜还算是长了点命，左胜每个月拿的都是活钱，虽不多但省着点过日子够了，左胜人又不傻，只是带点败相而已，很好啦。

何旺子说，母猪疯病要紧不?

师娘说，也就发作的时候要紧，过了后跟没事人似的。

师娘将炒好的茶叶盛在一个白色的纱布上，裹成球状在簸箕上揉来揉去。何旺子在一旁看师娘揉茶。雨似乎停了，连屋檐滴水的声音都听不见了，整个房间只有师娘的茶包在簸箕滚动发出的沙沙声。

揉完茶，师娘说，你想不想到左胜屋里去看看?

何旺子顿时来了精神，说，好啊好啊。

师娘便进房，打开衣柜从里面翻出一对式样陈旧的枕巾，大红底子上绣的喜鹊登梅，用塑料袋装了，出了房门在饭厅墙边的淘篮里又往袋里拣了二十多个鸡蛋。师娘叫何旺子把鸡笼上的手提式电筒拿着到稻场上等她。闻着气味儿就知道，坡的左边是一个茶园又一个茶园，右边是油菜地连着油菜地。差不多走了半里路，就看见一栋老式的楼房，楼房里传出阵阵嬉闹声，像是有蛮多人的样子。

后门是开着的，还有灯光。何旺子说，从后门进吧。

师娘说，绕一圈从前门进，今天是左胜的好日子。不比往日。

两人又泥一脚水一脚绕了一面山墙到了前门。开门的是菊香。师娘说，菊香妹也在呢。菊香说，我们来闹房，得些人气，毕竟是娶个人进来，不是牵头畜生。我们都是做娘的，朝她那没闭眼睛的娘想想，心里不落忍。

是是是。师娘连声附和。火塘里劈柴架起空心炭烧得一塘红旺旺的火，从房梁上牵下来的绳钩上吊着一口双耳鼎锅，里面油汤油水煮着千张白菜粉条什么的东西，红色的辣椒皮和青绿的蒜苗浮在上面，一副即将要翻滚的样子。火塘外面围了一圈人，都各自拿着碗和筷子，众人都望向锅里，等着水开。

一个穿着皱巴巴西服的黑脸男子一瘸一瘸迎了上来，张罗座位。人群纷纷将椅子往后挪，腾出两把椅子的空位。菊香拿了两个碗和两双筷子。这时火上的鼎锅就开了，从里面翻腾出的气泡把辣椒和蒜苗挤压到了锅沿。左胜说，来来来，吃吧，吃吧。

旺子捏着碗问左胜，翠儿呢?

左胜说，她在房里呢。

旺子说，我去看看她。

左胜呵呵笑，不答话。师娘忙说，旺子跟翠儿是一个村的，两个人还是同学，旺子还不知人事呢。

左胜说，哦，那你去看她吧，劝她出来吃口饭，她中饭晚饭都没吃。

师娘在旺子的碗里夹了一些菜。旺子端着碗到了厢房，推开门看见翠儿穿着红色的风衣坐在床上看电视，大概是《笑笑大本营》之类的节目，只要里面传出笑声，翠儿就跟着格格地笑，那笑声圆滚滚的像汤圆。

旺子说，你都不吃饭，不饿吗?

翠儿扭头看了旺子一眼，但感觉像是在翻白眼。

旺子不知道说什么好。旺子说，你认识我们村放财神的六儿吗?翠儿说，认识，总把财神贴成个倒的。贴一个还让人给他一块钱。旺子说，我大伯说财神要贴倒的。

翠儿说，你什么时候回去把我带上。我不喜欢瘸子，我姑妈喜欢，让她来跟他过好了。

何旺子说，我师娘说左胜好哩，除了瘸没坏处。你好生在这里待着吧，我照护你。我现在跟起亮学道士，就在长坡那里。翠儿说，我知道，我妈死之前带我来过，我妈还给了起亮很多钱呢。何旺子还想问为什么给师傅钱的，却听见师娘在叫他，就出来了。

师娘领着旺子回去，刚进院子，就看见一个穿孝衣的男子径直朝他们走来，跪在师娘脚前磕了个头。师娘赶忙搀扶他起来。何旺子知道准是死了人，死了人孝子们就头戴白布帽，身披白布衣，去四处请帮忙帮厨的、请道士和尚、请八大金刚、请勘地的阴阳先生、请糊白幡的纸匠师傅，请裁制寿衣的裁缝师傅。左膝跪下是男亡人，右膝下跪的是女亡人，这个人是双膝落地的。旺子想起了爹死的那天，天也是黑的，他一身大孝被大伯领着四处给人下跪，借杯借碗下跪，请人帮丧下跪。何旺子心里一阵难受，他走到草垛前不停地抽稻草。

师娘问，是男亡人还是女亡人？什么时候伴夜？

报丧的说，下前村一组的马修寿家，去的是我母亲，明天晚上伴夜，后天出柩。

师娘说，节哀顺变，你先回去吧。家里预备点红糖。

何旺子给他递了个草耙子，意思叫他把膝盖上的泥刮一刮。那人接过，连声道谢。

师娘说，旺子，给你师傅打个电话，说下前村的走了个老太太，明天伴夜，叫他赶紧回来。

6

大清早的，树上的鸟都还没叫，汽车的喇叭声在院子里就“滴滴”起来。是师傅回来了。旺子慌忙套上裤子跑出去开门。师傅从车里出来，手里提着一个黑色塑料袋，旺子接过在袋子里翻着看了一下，是些黄表纸并香蜡，还有几支毛笔，没有吃的东西，旺子有点失望。师傅进屋来先是洗手，然后是到堂前上香。

在腾起第一缕烟云后，师娘就起来了，接着鸡笼的鸡跟猪圈里的猪就都起来了。吃过早饭，师傅开着面包车带着旺子去请班子。敲锣的吴大爷在茶铺村七组，打鼓的赵大爹在三组，吹唢呐的刘大爷在五组，敲磬的张大爷在一组。所幸都在家，都请到了。见师傅新收了徒弟，众人连声恭贺。半生不熟的，众大爷便都开始打趣何旺子，问起亮教了他什么经？说起亮唱得一口好花姑娘经，什么时候叫他教你。学会了墙缝里都能钻出媳妇来。何旺子嘿嘿傻笑起来。

吃了中饭上路，太阳就当顶了，田地里油菜花儿都开了，黄灿灿一片，没种油菜的田地里都是红花苕子，红花苕子也开花了，红彤彤一片，耳朵里蜜蜂嗡嗡闹了一路。几个大爷坐在车后面敲锣打鼓地寻开心。赵大爹说，起亮，我们跟你来一段吧。然后就响了鼓，接着锣也响磬也响。吴大爷就哼唱起来：早也忙来晚不闲，都是为了几个钱，有朝一日无常到，死也带不走半分钱！上莲台舍不得好家乡，舍不得亲戚和朋友！兔走乌飞东复西，人生切莫用心机。百年世事三更梦，万里乾坤一局棋。千两黄金万两银，黄金难买养育恩。养育恩情报不尽，烧纸化财表孝心……

师傅开着车，说，我的儿真是好孝心。

众人便都笑起来，说吴大爷不该唱这段，唱这段就落到了起亮的手心里。

师傅一下车，就在丧家门口丢了一挂鞭炮。接着就有一位身披大孝的男子迎了出来。师傅跟几位大爷一进屋先是朝死者鞠了三躬，便开始指挥丧家在灵桌后面摆上条案。何旺子从师傅的包里取出一块红色的桌帔，那桌帔上绣了两条龙和一个大大的“奠”字，又取出几块红色的经幢交给师傅，由他升上去，中间那块写着香花道场绣的是太上老君像，两边是八仙。师傅边穿道袍边安排孝家在条案上摆瓜果菜蔬，摆香蜡纸烛，摆清水一壶，摆上装米的升子。妥当后，师傅叫何旺子裁两块红纸，裁好后，倒墨汁，师傅拿笔在红纸上写灵位，写好后用糨糊糊在两根竹枝上，插在升子里。

师傅经幡一摇，条案两边的锣鼓便响了起来。师傅安排何旺子敲小锣，小锣是跟着大锣的，大锣敲一下，小锣就敲一下。

忽然间道场前的人就多了起来。不少人在议论，嗨，还有个小孩子学道士的?

那些人都笑嘻嘻地看着何旺子，他跟着大锣敲一下小锣他们笑，敲完后用手捂锣他们也笑。有时他打野，没跟上大锣的节奏，一棒子敲在空里，又急急拿手去捂，他们更是笑得前俯后仰。何旺子心里发毛，手上的棒子越发不听使唤，弄得道场“棒棒棒”直听小锣响。

道场一时闹哄哄的。师傅摇着经幡念着经文也差一点笑场了。

到了伴夜那会儿，何旺子的手就熟练了，沉下心来听，大致也能听懂师傅唱的经文了。有几句是：悲夫常枉苦烦恼，三界途中猛火烧。咽喉常思饥渴念，一洒甘露水如泉。唱这个的时候，师傅就拿起桌上的一杯清水，抬起莲花指将杯中水往天上弹，中间弹，地上弹，边弹边向灵位鞠躬。师傅一鞠躬，后面的孝子也跟着鞠躬。

灵桌前焚烧的香蜡纸烛味儿和单调的场景声弄得何旺子想睡瞌睡了。说睡就睡了，棒子跟锣还拿在手里。等睁开眼，看见翠儿跪在灵桌前烧纸，一边烧一边哭，瘸子左胜站在她后边，劝她不要哭，死的又不是她的亲人，劝着劝着左胜忽然浑身抽搐，门板似的倒在了地上，口里还吐泡沫。翠儿吓傻了。道场顿时乱成一团。

何旺子想去把翠儿拉过来，刚站起来，就听得"咚"一声巨响，何旺子心里一惊，一看是手里的锣掉地上了，原来是一场梦。何旺子将头上的汗抹去，从地上捡起锣，敲得心里越发空空的。

师傅还站在那儿唱：地狱门前一条河，为儿为女受奔波。儿在阳间充好汉，娘在阴司坐血河。只望儿女来忏悔，救得为娘出血河。阴司有座奈何桥，七寸宽来万丈高。两边不生萌芽草，一河血水浪滔滔……师傅的脑门全是汗，嗓子也哑了些，不似先那般亮了。

有孝子端来一大木盆，热气腾腾的冒着甜腥味。是滚滚的红糖水。师傅按孝心单子把所有孝子孝女召集到灵前。师傅从条案上拿了个杯子，嘱咐孝子们舀木盆里的红糖水喝。

师傅招呼何旺子，要他把锣翻过来站在木盆边去收钱。喝糖水要给钱的，给十元的也有，给五十的也有，给一百的也有，很快锣锅里的钱就堆起来了。师傅清了清嗓子，高声唱着：家中如有孝顺子，皈依在念《血盆经》。在生念了无疾病，死后念了度娘亲……

何旺子突然觉得木盆里盛的是血，他们都在喝血。何旺子恍然悟道，师傅念的是《血盆经》。他听师娘说，女人这辈子要流很多血，不洁净，死了到地狱就受熬煎，就要念《血盆经》为她们解罪。何旺子心忽地牵动了一下，再看那些笑他打锣的那些人特别是女人，便不怎么恨了。

丧事办完，把账一分，班子就散了。何旺子在师傅家吃晚饭时，师傅给他给了他一百元钱，何旺子不要，师傅硬给，说这是开门红，拿着拿着。何旺子脸红了，接了钱就跑到坡上去了。

7

出了茶铺村上了水泥路，路好走了，脚步就松缓了，眼睛也有了空闲。看田地和野树，看楼房和沟壑。看空旷处散落着的一些坟包，那些坟包上都飞着纸旗子，五颜六色。何旺子这才想起清明快到了。听隔壁的马太婆说逢清明节气，阴间的人就会坐在坟头上望阳间的亲人。

在腰店子的小超市那儿，何旺子请了两包香蜡纸烛和清明旗子，想着爹妈还坐在坟头上望自己，何旺子就撒腿儿跑了起来。

爹妈的坟在水泥路一条岔路口的堰塘边，那地就是村里的一块坟地。何旺子爹妈的坟是连在一起的。何旺子看了看，爹妈并没有坐在坟头上。坟头只有叫不出名的杂草。过年送灯亮时，这草被何旺子一把火给烧了，现在又发得一片青翠。烧的时候大伯说，坟头的草如阳间的人，都是除不尽的。给爹妈的坟头上插了清明旗子和塑胶花后，何旺子又看看这坟地，到处花花绿绿的，这热闹的颜色令他不觉得爹妈的死是件悲伤的事了。

走好远了，何旺子还能看到爹妈坟包的气口处的烛火，心里一时暖烘烘的。他忽然想起了张瞎子。这念头一起，何旺子就觉得张瞎子已经坐在坟头上等他了。瞎子生前性子躁，他就是因为肝火旺才去的眼睛。他怕瞎子等得上火，便赶紧向超市又请了一包香蜡纸烛，一路飞奔去了瞎子那个村。

瞎子是埋在村公路旁边的，坟很小。瞎子死后由村上拖去火化，一副薄木棺材装了一些碎骨回来就埋了，井坑挖得也浅，埋的时候还下了雨，瞎子的尸骨一下地就泡在了水里。村里没人给瞎子张罗道士来给他超度。瞎子无后，他的坟便没有气口，用青砖封死了，这是当地的孤老坟。何旺子还是在青砖前给瞎子点了支蜡，说，张爹爹我来给你送亮来了。何旺子烧了一把纸，插了一杆清明旗，觉得这才有个坟的样子。

天已经黑下来了，走在路上，何旺子明显感觉到了冷清。正月过完，老一批力壮的和新一批力壮的都出去了，他们一走热闹也就跟着走了，整个村庄就跟抽了柴火的灶一样，平静下来。站在公路上看家户人的灯光像是要被这黑夜给一口吃掉似的，这黑黑的村庄令何旺子五脏六腑都湿漉漉的。

有人叫他，听声音是六儿的。六儿肩上扛着一张犁，手里牵着一头牛。何旺子说，这么晚了你还犁田？六儿说，我大伯今年又捡了两块田，都要种稻子，不犁怎么办？

何旺子说，我大伯说你大伯对你真狠，把你当牛使。

六儿说，我大伯说你大伯对你才狠，把你一个人丢屋里，不管你。

何旺子说，你每年放财神的钱你大伯给你么？

六儿说，没给，我大伯说明年接翠儿过来要几千块，还不够哩。

何旺子不想跟他说话了。六儿比何旺子大两岁，跟何旺子一样也是从小父母就不在了，跟大伯一起生活，六儿脑子笨，笨到连学门手艺都不行。但六儿块头大，一身憨力，挑水挑担、肩扛手提跟玩儿似的。他大伯便带着他种田，他们村组里外出打工抛下的田差不多都被他大伯捡下了，六儿就没日没夜地在田地里劳作，正月里他大伯还打发他出去放财神，放财神的几句话他大伯用棍棒在后面督促他背了大半年才滚瓜烂熟。

六儿在何旺子背后问，旺子，翠儿怀上孩子没？

何旺子不耐烦地说，不知道。

回到家里，何旺子刚把门打开，隔壁的马太婆就出来了，问他吃过饭没有？何旺子说吃过了。自从自己学道士后，何旺子就觉得村里的老人们对他比以前好很多了，以前他们总叫他何骡子，现在他们跟学校的老师一样都正儿八经地叫他的名字了。何旺子觉得叫名字才是把人当人看。

夜里钻进冷被窝里睡觉，看着墙上挂着的胡琴，想起了以前跟瞎子的那段日子，也想起了瞎子教他的歌。他张嘴唱时，调子却有点像师傅唱《血盆经》的调。

可以唱经了！何旺子一下惊得坐了起来。

8

师傅已经开始教何旺子正一教派的科仪了，从开坛说起，一天说一点，三个多月过去了，何旺子能够跟在师傅后面哼唱经文了，经文虽不熟，但腔调大致不差。师傅说，张天师好眼力，你就是个学道士的料。

何旺子自己也喜欢，每天坐在师傅家堂屋供张天师的八仙桌旁唱经，对着本子唱完召亡唱破狱，唱完破狱唱转殿。自己敲着桌子打节奏，摇头晃脑唱得有滋有味，引得村人专门过来听他唱经。那段时日请丧的多，何旺子时不时就可以披着道袍跟在师傅后面进行实地演练。师傅说，三百六十行，行行出状元，没什么巧宗，多练，猫狗多练也成精。

何旺子身披道袍手拿铜铃跟在师傅后面亦步亦趋，他声线细，十三岁那年嗓子倒仓，这一倒下去，就没站起来过，声音尖还带着点童音的尾子，一开口声音就像一层糖薄膜能一把裹住师傅。师傅将声音提高，何旺子也跟着提高，鱼咬钩似的，师傅越挣扎越能被何旺子拖住。逢到跟何旺子一块唱经，师傅总要累出一身臭汗。何旺子唱经可以唱醉，跟在师傅后面步罡踏斗，游殿渡桥，道场绕棺，两只阔大道袍袖子舞得呼呼生风。而且何旺子做法事还能引来很多人看热闹，很多老人只要听说哪儿死了人是请的起亮的班子，便会赶来看，都是来看何旺子的。他们说这个道士像个道童，虽总出错，但有趣味儿。

不到十个道场，何旺子已经大致学会了《血河》《血盆》《血湖》三经和《十月怀胎报恩歌》。遇到丧事，师傅松快了一大截。

这天，何旺子在师傅家里帮师娘翻整菜园子。一抬头看到了篱笆外面急匆匆上坡的翠儿，翠儿头发剪了还烫成了卷儿，颜色也染黄了。师娘直起腰看了半天才认出是翠儿。翠儿跑得满头大汗的。何旺子问，翠儿，你怎么了？

翠儿说，起亮呢?

师娘问，你有什么事啊?

翠儿说，左胜死了，菊芬要我来讨张符。

师娘对何旺子说，八成是左胜犯病了。何旺子说，那怎么办，师傅还没教我画符呢。

翠儿四下里瞅，瞅到稻场上的面包车，车屁股后面贴了张符，翠儿的眼睛定在那道符上，她上前一撕装兜里就跑了。

师娘在后面喊，那是张平安符不管用的。

两人去到左胜家里，左胜的两个妹妹正趴在左胜的身上大哭。左胜躺在地上嘴角不停抽搐，白色的泡沫和着血水不断从嘴里流出来，两条腿总是在地上蹬，脸上血丝全无，白得跟道场上纸匠扎的人一样。

翠儿眼睛里一片惊恐，她问何旺子，旺子，左胜是不是死了?

左胜的一个妹妹站起来扇了翠儿一巴掌，说，憨逼，你是巴望他死吧，他瘸着一条腿一扫帚一扫帚扫出来的几个钱，供你吃供你喝，几个月了，你连毛都没给他孵出来，你还望他死。翠儿被扇蒙了，好半天两只眼睛才活动了一下，忽然她一把薅住左胜妹子的头发两人扭打起来，左胜的另一个妹子连忙来帮忙，何旺子就帮翠儿，四个人抱成一团。大芬跟菊香等村人着力将他们分开。分开后，四人手里各自都抓了一把头发。四个人都疼得倒抽冷气。

左胜依然吐着白沫，依然双腿蹬蹉。围看的人也使不上什么法子。菊香说，给起亮打个电话，叫他回来画道符。师娘说，起亮今天出去就没带电话，估计得晚上才能回。

何旺子看过师傅画符，将一张黄表纸裁成长条形，用清水漱口后，拿一支毛笔在黄表纸上画起来，一边写一边念咒语。听得多了，何旺子也大致记得那些咒语。何旺子说，师娘，我画吧，我画吧。

师娘说，符不是随便画的。

村人说，他能画就让他画呗，他也是道士，灵不灵的，就看那些邪气服不服他，服他就能降住它，不服他就降不住它。魔高高一尺，道高高一丈。

师娘被村人说得没主意了。对旺子说，那你回去画道符试试。

师娘给何旺子裁黄表纸，何旺子照着师傅的样儿用清水在嘴巴里捣鼓一阵，向东方“噗”出去，又把咒语在心里默了一遍。一支枯毛笔在装了墨的砚台里舔了又舔，然后下笔游走，师娘在旁指挥着他，上下左右，何旺子一边画一边念咒：赫郝阴阳，日出东方，敕收此符，扫尽不祥，口吐三昧之水，眼放如日之光，捉怪使天篷力士，破病用镇煞金刚，降伏妖怪，化为吉祥，急急如律令敕。画好后一看，竟也跟师傅画的差不离，字不像字，画不像画，黑麻麻一片，像纸上爬的一只乌龟。

师娘笑笑说，真是鬼画桃符，拿去贴左胜的脑门上，看那些邪魔是服道行还是服道德。

何旺子拿着那张符跑到左胜家，吐一口涎在符上往左胜脑门上一贴。巧得很，过了一会儿，左胜的两腿就不蹬了，嘴也不抽搐了，再过了一会儿就醒了。

众人都觉得神奇。看何旺子的眼神都跟先前大不一样了。村人说，何旺子的道士可以出师了。

晚上师傅回家，何旺子把这事说给师傅听，师傅有些不高兴，骂了何旺子又骂师娘，说，画符岂是好玩的，画符容易劫煞难，什么样的符结什么样的煞，弄不好要弄出人命，这世上有几个邪魔妖怪是服道德的？跑出来害人的都不是善主。说得何旺子的心灰灰的。

过了几天，翠儿又来讨符，说左胜又死过去了。那天师傅在，师傅亲自给左胜画了道符。上午画的，左胜下午才醒。后来左胜又犯了几次病，乡政府便不要左胜扫大街了，说怕那天左胜发病死了，乡里负不起责任。左胜说我立个遗嘱，如果扫大街时犯病死了，保证不找乡政府闹事。乡里还是不同意，他们觉得他还是比较适合赶脚猪。那些时日，左胜胸前挂着“我要吃饭，我要扫大街”的牌子天天坐在乡政府门口，见谁都点头哈腰，把个“求”字写了满满一脸，但没用。

没了工作的左胜待在家里脾气性情大变，动不动就骂翠儿，快半年了，肚子还没个动静，跟别人一怀一个准，轮到我就熄了火，还六千块，你这样的货色如果不是能下崽，一分钱都不值。骂完了就打，打得翠儿清嚷鬼叫。

何旺子听在耳朵里，屁股就长了刺一般。那些不带标点符号的经文顿时就变作了蚂蚁，在何旺子眼皮底下到处爬，把经书抖一抖，还是很多只蚂蚁。

何旺子想去劝架，他担心翠儿会吃亏。隔着左胜厢房的窗户眼何旺子看到了左胜光着屁股把翠儿按在床上，边扇翠儿的耳光，边扒翠儿的衣服，地上有个枕头，师娘送的那个喜鹊登梅的枕巾挂在翠儿的脚上，旗帜一样的晃荡。何旺子看到了翠儿寿桃般的一对大奶。何旺子看得心惊肉跳的，身上的血像是突然烧开了一样，四处奔涌，往头上涌、往喉咙涌，后来这股热血齐齐往下奔，直奔他裆部，那里立刻就涨大了，憋尿似的难受。

猛不丁他脑袋顶上的头发被一只大手给薅住了，那只手把他从窗户边拖了下来，是师傅。回到师傅家的堂屋里，师傅抬腿踹了何旺子两脚。师傅说，道士最忌讳撞见人行房，这是一道大煞。

一连几天，何旺子都无精打采的，手一捧经书，眼睛就放空。听说翠儿前天跑回娘家了，昨天又被左胜弄回来，今天翠儿的喊叫声又传到了何旺子的耳朵里。何旺子双手将耳朵捂住，读书一样的读经文，可是翠儿的喊叫还是会漏进他呼呼作响的耳朵里。

何旺子希望左胜去死。到了下午，左胜就真的死了。说是拿电瓶去打鱼，犯了病，栽倒在了秧田里。等发现时，人就已经断气了。何旺子站在左胜的灵牌子前跟他念开咽喉咒时，看见左胜的鼻孔里还有泥巴未洗净，准是憋死的。左胜打鱼的竹篓挂在屋檐下，弄得灵堂一股鱼腥味。翠儿跪在左胜的旁边，屁股垫在后跟上，脸上木呆呆的。

他忽然想起在上前村做法事时的那个梦了。何旺子的背后惊出一身汗来。

左胜后来埋在了师傅茶园旁边的菜地里，坟倒是很高，只是没有留气口，坟脚一周都是青砖。在砌最后一块砖时，左胜的两个妹子把翠儿狠狠剜了一眼。翠儿没说话，在众人都准备散去时，翠儿忽然趴在坟上哭了起来，她大喊，左胜我要吃鱼，我要吃鱼呀，我还没吃上鱼呢。翠儿虽然把左胜的两个妹妹弄出了眼泪，但她们还是把翠儿赶出了左胜家。

茶铺村再也听不见翠儿的喊叫声了。何旺子的经文就念得流畅了。逢到丧事，他都可以独当一面，师傅年纪大做上半场，他就做下半场，做错了师傅也不当场戳穿他，等回到家中，师傅才给他一一指出。

9

一晃就到了七月。农村的七月有股枯草混合果浆的气味儿，那是稻子收割和瓜果成熟共同酝酿出的味道，何旺子喜欢这个味儿，这是秋味，这味儿直钻脑门顶，让人舒坦地直打喷嚏。何旺子这段时间在师傅家里忙得很，帮着师傅收稻子种稻子，太阳又毒辣，让人心里窝着火。何旺子有时候就烦了，对师傅说，你不是有道行吗，你怎么不做个法让稻子自己跑到你家去？

师傅说，这要是放过去也不是不可能，上早在茅山学了法的道士回来可以用手绢打酒、用腰磨子端茶、可以让木屐打架，还可以架偏稻场，我师傅的师傅就会这些，一九三九年日本人到我们村烧杀抢掠，他老人家就念动咒语，把稻场架偏，让那些日本人摔下来滚出去好远。

何旺子听得涎直滴。一只草蜢在脚边跳来跳去，何旺子刚抬脚，就被师傅给拉住了。

师傅说，学道的人不有意杀生，像我师傅夏天睡觉，有蚊子咬，他只把蚊帐打开，把它放出去就行了。

一席话说得何旺子心底生出一棵刺。对埋在新坟里的左胜生出一点亏欠，他记得自己在心里诅咒过他，要他去死，结果他就死了。何旺子问师傅，师傅，你说学道士的人，心里讨厌谁，叫别人死，别人是不是就会死掉？

师傅坐在田埂上呵呵笑。说，现在的道士哪有这个本事，过去的道士要拜了将会做法，说不定可以，现在的道士谁会拜将，拜了将也治不了将。师傅便开始讲拜将的故事，像一些生前活着的有能耐的人死了，一些有法术的人夜里就到人家的坟前去祭拜，祭七七四十九天，待把那人祭活，就用柳树条一捆，收在桃木罐里，那人就是成了将。道行高的道士可以拜五个将，像手绢打酒，稻场架偏，都是道士念咒驱使将做的。道士拜将有好有坏，治得住将将就归你所用，治不住将将就会过来害你，把你弄得家破人亡，身首异处。

师娘一边捆稻子一边说，你跟他说这些干什么？等会他回家走夜路都不安神。

师傅说，做道士的还怕遇见鬼？

干活的时候如果遇到请丧的来，何旺子就兴奋了，道袍一换就钻进面包车里死命按喇叭催促师傅。丧礼上的科仪何旺子现在全部都通了，只是还不是太熟练，但《血盆经》还是能过关。遇到女人的丧事，都是何旺子做虔颂十王，城隍，救苦，解冤，受生的科仪，加念《血盆经》就换成了师傅端锣锅去糖水木盆前讨钱了。师傅讨钱会闹气氛，总能把孝子逗成“笑子”，然后哄他们多给钱。师傅给何旺子的份子钱也越给越多了。

手上有钱的何旺子很大方的，回到村里先到周老爹那去称点桃酥、米糕、鲜果冻之类的吃食，晚上在稻场上乘凉时就用筲箕端出来给全屋场的人吃。他一回来身边总能聚集一群白头发的老头老太太。

六儿大伯捡的两块田挨何旺子家比较近，在田地里干活的六儿有时候也跑来跟何旺子说说话，在筲箕里翻捡东西吃。六儿往嘴里塞进一颗鲜果冻，兴奋地摇了摇旺子，说，旺子旺子，我跟你说个事，我听我大伯说左胜瘸子死了，翠儿回来了，我大伯说等栽完晚稻就去跟我把翠儿弄来。何旺子不喜欢听这个，就躺在竹床上装睡。

启明星在天上闪闪发亮。有人提醒六儿，说，六儿，你还不快回去，小心你大伯打你。六儿顿时站起，往裤子口袋里塞了几把糖，嘴巴里又塞了颗鲜果冻，说，旺子，我回了，明天再找你玩。

乘凉的人就笑，说六儿憨，他也知道把别人的东西往自己荷包里装。

人们便说起六儿的事，说六儿小时候并不憨，挺标致精明的一个孩子，四岁扳手指能算出一加二等于三，二加一也等于三，五岁时他爸爸出门做副业被车撞死了，六岁时他妈想不开喝了一瓶农药。六儿就跟了他大伯，他大伯养他自己两个孩子都养得一脑袋脓包，又还要养他，他大伯看他就心里烦，一烦就打他，卸了门闩打，照头打，打昏死过两回，六儿现在这么大了他大伯有时候都用脚踹他，六儿又不知道还手。

他们说六儿一身憨力，要是知道还手，他一掌就能把他大伯掀在地，让他半天爬不起来。可惜没人教六儿。

人有一亏，天有一补。蒙老天爷照顾，六儿身体还好，一年到头也没个头疼脑热，喷嚏都不打一个。

像我们这些老不死的，一出娘肚子就没过几天好日子，做孩子的时候跑兵荒，到处躲，竹园里、芭芒林子里，蚊子叮蛇虫咬叫都不能叫，脸上抹锅烟脂，饿肚子，吃糠吃土，饿得脬头肿脸，还得生孩子，一年生一个，年年都在血泡里坐。搞集体，一天到晚挣工分，身上好事来了，都泡在秧田里，忙到头过个年还分不到二两油，集体搞完了又搞承包，提留又收得重，到年底一算账还是没个富余，就把孩子们都逼出去，孩子们出去了，我们又老了，老了又多病，身边连端茶递水的人都没有，天一亮，还得起来往田里爬，爬不动都还要爬，不爬谁给你吃？饿死。遭了一生的难，盼了一场空，没得哪一天是亮的。

何旺子嘴巴里含着一颗棒棒糖睡在竹床上，仰头看天，一满天星，还有一条银河横跨稻场一直延伸到田地里。师父说天上一颗星，地上一个人。何旺子看痴了，有人一蒲扇拍在他身上，他才惊醒。有人说，旺子，好好学呢，等我们死了，你要好好超度我们，这辈子没讨好，让我们好图个下辈子。

马太婆在筲箕里找软的糕点吃，找了块云片糕。说，特别是《血盆经》要念好，女人就是这道关口。

何旺子开口就唱了起来：地狱门前一条河，为儿为女受奔波。儿在阳间充好汉，娘在阴司坐血河。只望儿女来忏悔，救得为娘出血河。阴司有座奈何桥，七寸宽来万丈高。两边不生萌芽草，一河血水浪滔滔。目连和尚身穿黄，来在血河哭一场……

稻场忽然静了下来。周遭只闻蛙鼓。一只鸟在草垛旁的杨树书上叫着，拖，拖，拖……何旺子就住了声。隔壁的老太婆捡起土疙瘩朝树上打。这是拖鬼雀子，其实就是猫头鹰，不常见，但流传只要它一叫，就准会死人。

有人说，七月半快来了，亡人们都要赴盂兰大会，地狱开了闸口，拖鬼雀子叫几声很正常，但老人们乘凉的兴致还是被破坏了。离黄土越近的人越恐惧死亡，平日里张嘴闭嘴说死了好都是假的。

10

七月十五这天，师傅家里热闹得很。师傅说今年要接附近几个村里的亡人过月半，请了乡里两个道士班子，响器都带来了。何旺子跟他们端茶递水。菊香请来帮师娘在厨房做饭。杀了两只鸡、两条大拐子鱼，从集上买了大半边排骨、一大篓鳝鱼和一个猪头。猪头供在案板上，案板的几个炖盆里分别泡着千张、海带和粉条。师娘还打发何旺子去菜园里摘了黄瓜、番茄、青椒、茄子和长豆角。

晚上开了三桌席，菜数整得很热闹。乡里的正一派道士都不兴禁嘴，荤腥不忌，吃喝玩乐、娶妻生子，没什么清规戒律。一说开席都吃得满嘴流油、一说话唾沫星子横飞。喝了酒也爱跟女人说下流话。天还没黑，院子里就围满了人。虽说现在家家都有电视，但电视到底没有人挤人在外面看大戏过瘾。

道士们吃饱喝足后，便各司其职，打着饱嗝从堂屋里抬出那张大八仙桌，把猪头肉抬出来放在八仙桌上，又另配了十碗菜。有悬挂功德的，也就是菩萨像。上挂三宝，旁边挂十王。桌子正中挂的是地藏、目莲像，太极八卦在两边。下方悬挂八仙。远远望去，旌旗招展，壮壮威严。

八仙桌前又另设一桌，上面摆满各式法器和香蜡纸烛。围看的村人各自报上自家亡人的姓名，有专人在边上记录，不大一会儿，一张红纸就写满了，而且还陆陆续续有人来，一张红纸远远不够。何旺子他们村的人都来了，翠儿也来了，连六儿和他大伯都来了。师傅嘱咐写亡人单子的人，把六儿爸妈、旺子爸妈和翠儿爸妈都写上。翠儿似乎听见了师傅的说话，在人外喊了句，起亮，还有左胜。师傅说，哦，对，把左胜也写上。旺子朝傻笑的翠儿看了一眼，脸无端红了。

每个班的道士都戴上道帽穿上道袍，师傅洗了手出来，左手拈起三根香点燃插在香炉里。整个稻场就被檀香给笼罩了。师傅说：生老病死为人之常情，诸位节哀顺变，今逢月半，弟子主持超度道场，令新老亡人孤魂野鬼摆脱地狱之苦，早列仙班。法事之中有不到之处，伏惟海涵，祝愿诸位超度亡亲以后，永远发达，世代昌荣，东进财，西进宝，条条路上遇黄金，出门一担空仓斗，进屋一担宝和金，左边立起摇钱树，右边立起聚宝盆，诸般鼎盛，万事如意。

村人像看戏一样大叫一声好。

然后坐在八仙桌两旁的锣鼓师们都敲打起来了。三个班子，一棒子下去，把夜都打穿了。

何旺子跟其他道士并列，开始唱经，召亡安位、游城破狱、转殿、设桥普度、虔颂十王，城隍，救苦，解冤，受生等五经，礼拜群真宝忏、交经交忏。在转殿中，何旺子和师傅还有那两个道士手里各执一把燃烧的纸钱，另一手只伸出食指中指，点在纸钱上，就地转圈，像抽陀螺似的，道袍都旋出一阵风来。道士也爱使坏，拈着火纸往人堆里转，众人边骂边笑边躲。

亡人名字写了三大张红纸，师傅叫何旺子念，足足念了两个钟头才念完，道袍都汗湿了。然后便是化包袱，也就是烧纸钱，成捆成捆的烧。各村的报土地，腰店子村的土地是转鱼台，茶铺村的土地是八棵茶，下前村的土地是葫芦岗，火焰燃齐半天高，三张写了名字的红纸也丢进火堆里，来的人在道士的带领下绕着火堆转了三圈，法事就圆满结束了。村人都上前来跟道士们作揖，谢过他们。

师傅说，总是生人不免死人意。我们也是这么传下来的，还得这么传下去。

在师傅家吃宵夜，几个道士怂恿，何旺子喝了点酒，喝到耳朵听话像隔了座山似的。何旺子醉了，坐在椅子上，将椅头倒在墙上，笑嘻嘻地看电视。一个道士对师傅说，这臭屁伢，声音死尖，我这一开腔就被他给拖住了，嗓子都喊出血来。那道士一脸的蔑视。

师傅说，他是学道士的料，他来拜我那天，张天师香炉里燃的是炷点头香。

道士们也就不说什么了，摆开一张桌子，垫上一方厚布，招呼人坐上来打麻将。

何旺子突然从椅子上站起来说要回家。师傅留他，何旺子像是浑身不自在似的，执意要走。何旺子平日里虽弯叫弯顺，但犟起来就是一根筋。他说要走，就是地上长刀子他也要走。师傅只得随他。反正月亮大，路面照得一清二楚。到底是过月半，恐路上阴气重，师傅就给他画了一道符放他裤兜里。

出了门，上了坡，就闻到一股青气，是茶树叶子味。何旺子脑子发蒙，步子发飘，踩棉花般高一脚低一脚，上坡如腾云驾雾般。何旺子觉得过瘾，兀自笑了起来。

再上去就是师傅家的茶园了，茶园前是块田地，左胜的坟包就在那田地里。虽是孤老坟，但左胜的两个妹妹还是很舍得培土，将个孤老坟培得又大有圆，拱得高高的。远远地何旺子看见那坟顶上有团黑影，像似左胜。何旺子眨了眨眼睛再看，那黑影还是有。何旺子的身子哆嗦了一下，一只手伸向裤兜里摸了摸师傅给的符，胆儿壮了一些。他向前又走了几步，黑影倏忽不见了。何旺子一惊，汗毛竖了起来。抬头看看月亮，月亮正在头顶照着，脚下是一团黑影子。流了汗，何旺子心里稍稍亮了一些。他记得师傅说过，凡正午时太阳当顶是一日阴气最旺的时候，凡正子时月亮当顶时是一日阳气最旺的时候，这个时候脏东西都会消失的。何旺子伸手朝自己的额头抹了三把。

何旺子朝左胜的坟走去，围着坟走了一圈并没有看见什么异物，坟的四周是菜地，豆角黄瓜都搭了很高的站架，菜地靠着一座山包，靠山的那一边被人点了一长条蛾眉豆，村人喜欢将瓜啊豆啊点在坟地上，弄得那蛾眉豆花总有股腐尸味。豆架丛里传来一阵哼哼声，何旺子捡了根棍子将豆荚扒开一条缝。他看到在茶园的垅沟里，六儿的大伯将翠儿按在了地上，一条短裤还挂在茶树上。那棵茶树底部还系着红绸，是何旺子摘光了叶子的那棵树，如今发得很茂盛了。翠儿是不愿意的，她在挣扎。

何旺子懵了。体内的血液又一次被烧开，在身体里到处厮杀，像着了火似的，何旺子感觉下体发涨，无法挪步。中煞了。师傅说过的，道士最怕撞见这个。何旺子将手里的棍子敲打起来，弄出巨大的声响。六儿大伯警觉的问，谁？翠儿说，左胜。六儿大伯顿时瘫在了地上，说，左胜，我什么都没干，左胜，我这就走了。

何旺子心里咚咚咚像擂鼓般，腿也软软的。是受吓了。朝着月亮连打了几个喷嚏，身上的血凉了，汗也凉了，凉浸浸的。

11

何旺子病了，脚寒气冷，浑身无力。外面太阳烤得熟鸡蛋，他在屋里还要裹被子，即使站在太阳底下，但身体寒气一上来，还冷得打颤，上牙齿叩得下牙齿格格响。以为是感冒了，邻居们也跟他买了药，什么白加黑、伤风感冒片、驱寒散吃了也不见好。

第三天，师傅来了。师傅将他的眼睛皮往上翻了翻，又抹了抹他的眉毛。说，是看见不干净的东西，失魂在外面了。马太婆说，我就知道这孩子是魂丢了。三魂七魄就看丢了多少，如果捡了他魂魄的孕妇成了胎，就没救了。

师傅掐指一算，说，这个孕妇在东边，快要成胎了。得马上做法。

听说起亮师傅要做法给何旺子喊魂，村里人田地里的事都不干了，先看了热闹再说。懂一点的老人帮着起亮师傅一起设坛。师傅当场画下一道符贴在门框上。在何旺子床头点了一盏油灯。

组里的人就议论起来，说，怪不得那天有拖鬼雀子叫，原来是拖旺子的。

太阳还未下去，阳气未除尽，喊不了魂。等黑透了，师傅才拿出何旺子平常穿的衣服用衣架穿好，绑上长长的竹篙上了村公路，往东烧了三把纸。起亮边晃动竹篙边高声喊，旺子回来哟。旺子屋里的马太婆就回一声，回来了。师傅往前走三步再高喊，旺子回来哟。马太婆又回道，回来了。如此这般，一直喊到屋里，喊到何旺子的床前。

到了下半夜，何旺子床头的油灯突然闪了一下。起亮师傅说，好了，魂都回来了。

师傅走时，将何旺子床下的鞋子摆正。跟马太婆交待说，等醒了，用米茶水将养一下，不要开荤口。马太婆说，我晓得呢。

次日里何旺子醒来，虽还乏力，但身体却似松了捆绑，在秋柜上吃了半碗米茶，稍稍有了些精神，就从墙角摸了根竹棍扶着走了出来。门外太阳似火，热浪一阵一阵往屋里翻涌，旁边竹园里的知了长一声短一声。隔壁稻场传来碾石磙的轱辘声，一股新鲜的干稻草味扑鼻而来。

门前不远处的水田是六儿大伯的。何旺子走到稻场的阳沟前搭了个凉棚看，好像看见了六儿和翠儿两人在田里施肥，一人提一个装满了地灰的淘篮，一把一把地往秧苗上抛洒。是六儿最先看见何旺子的，提着淘篮跑过来跟何旺子说话。

旺子，你病好了?

翠儿也跑了过来，淘篮就丢在秧田里，溅起一身泥，还踏坏了一窝秧苗。六儿跟翠儿虽都戴着草帽，但脸上还是晒得红一块白一块的，翠儿越发地胖了，身上到处都是肉滚滚的，身上那件黑白横条的T恤撑出了一道道坎。翠儿朝何旺子笑，何旺子却把脸扭向了一边。

他看到她就想起了三天前的茶园，就像幢幡一样在他脑子里飘。他心里突然讨厌起她来。翠儿喊口渴，六儿随手摘了片美人蕉叶子，在阳沟的牛脚板坑里盛了点残水递给翠儿。翠儿仰头喝下。何旺子看到那水窝子里还有蚊虫在飞舞。何旺子问，这水能喝？六儿说，怎么不能喝？我大伯说我们的肠胃喝什么吃什么都没有禁忌的。

何旺子问，你大伯把翠儿跟你弄来了？

六儿说，嗯，过了月半就弄来了，花了五千块钱呢。

何旺子问，那天过月半，我师傅他们做法事，完后你不是跟你大伯一起回家的？

六儿说，那天做完法事，我大伯叫我先回家了，他说他有事。

何旺子嘴巴一撇，眼睛一翻说，我知道你大伯干什么事去了。

六儿问，我大伯干什么事去了？

何旺子将手里的棍子猛地一挥，铲断了阳沟旁一株绿油油的美人蕉。惊得几只觅食的母鸡“咯咯”地拍打翅膀叫起来。何旺子忽然头一扭进屋里去了。

12

师傅的儿子打电话来说媳妇在广州生了个儿子，叫师娘过去带孩子。师娘听了高兴坏了，连夜收拾了两大包行李，跟师傅把屋里的一些事情做了交代就走了。师娘说她不会待很长时间，帮他们带几个月就回来，新媳妇刚添生，什么事都不懂，需要有个老人带带。

对于生和死，师傅都很淡然。他说，生，生不息，死，死不绝，生不为之喜，死不为之悲，就是道。

不管道不道的，反正师娘一走，师傅就蔫了，有丧事就做道士，没丧事就在村里串门子，四处看麻将，站在人背后，输赢都不作声，能把地站出个坑来。师傅家里的事就是何旺子的，何旺子帮师傅喂鸡，帮师傅扫地，帮师傅烧饭，帮师傅洗衣。师傅每天就给张天师上三炷香，然后屁事不管。茶园的草长深了他也不去锄一下。菊香过来说了几趟了。师傅从不进茶园，何旺子也就懒得进。

入秋了，乡村里老了人，丧事一般都做得热闹，天气渐凉，尸体可以多放一天，排场也就铺得开一些。这天，何旺子正在堂屋看师傅画的一道新符，在仔细揣摩笔画走向，一转头，看见一个身穿大孝的男子跪在了自己的身旁。是右膝盖着地的。这个人何旺子认得，是本村的，跟六儿是一个组。他以前牵瞎子时还在他家给算过命，还吃过饭，菜数很丰盛，是个善主。

何旺子放下符箓，赶紧搀扶孝子起来。说是次日伴夜，孝家要他们下午就过去。何旺子应了下来。孝子走了后，他便赶紧给师傅打电话，然后把《血盆经》请出来唱。三天不唱，词就生疏了。

班子凑齐后，照例是在师傅家吃中饭，请了菊香婶过来帮厨，现宰了一只鸡，师娘养的一笼鸡快被师傅吃干净了。晚上不能回家，师傅把钥匙给了菊香，让她帮忙照看下。菊香说，放心吧，屋里搞得跟座庙似的，哪个贼会惦记？

面包车一进到村里，何旺子就兴奋了，他坐在副驾驶室里热情地跟公路上的村人打招呼。车往前看，他看见自己家的竹园了，看见马太婆家的稻场了，看见水沟旁茂盛的美人蕉花了。然后，他看见翠儿了，翠儿背着个大布包在公路上跑，都不知道避让车，师傅赶紧刹车，车蹦了一下，翠儿也蹦了一下。

坐在后面的大爷们伸出脑袋骂，找死啊，赶着投胎啊。骂一句敲声锣，叮铃哐当地把翠儿唬住了，眼里蓄出一泡泪水。何旺子问，翠儿，六儿呢？

翠儿说，死啦。

师傅说，你才死一个老公，现在又死一个老公，你八字蛮硬呢。

翠儿说，他大伯一棍子把他铲在地上了，死了。

说完翠儿就绕开车继续跑。像后面有人追似的，后面还真有人追，从前面的芭茅丛里穿出来一个男人，是六儿大伯，他手里捏着一根竹竿。跑得气喘吁吁，脸颊带汗。他赶着翠儿，骂道，你个憨屄，你站住，老子抓住你了看我不把你腿铲断。

师傅问，老哥，翠儿说你把你侄儿打死了?

六儿大伯说，放她娘的狗屁，打死了我还能站这里，不早抵命了。

家务事不好管的。师傅发动引擎，面包车动了起来。何旺子探出头看到六儿大伯朝翠儿背后扔棍子，刚好砸在翠儿的腿上，翠儿扑倒在地，然后六儿大伯像拖死狗子一样拖着手脚扑腾的翠儿，拖了一段路才让翠儿站起来，站起来的翠儿用拳头捶六儿大伯，六儿大伯也用拳头还她。

何旺子缩回脑袋，说，六儿大伯真狠，打人像打头猪。

师傅说，会遭报应的。

太阳还很大，坐在丧家门前用卷帘搭的帘棚里浑身都燥热，两台落地扇对着死人吹，还是会隐隐闻到一股尸臭味，气味不大，但很有韧性，幽灵般附着在人的鼻子下，赶都赶不走。师傅命孝家端碗清水来，师傅念动咒语，那碗水竟微微荡漾起来，咒语念完，那碗水才渐渐平静下来。师傅叫何旺子把水端在稻场前的草垛旁去。何旺子去端那碗水，那碗水臭得像块腐肉，何旺子差点吐了。但堂屋里没有了异味，进出的人就多了起来，开始有哭声了，唱歌一样的哭声，有调子有词，唱得哀哀凄凄的。

很快聚集了很多人。帘棚里糊寿仙筒的、扎纸人纸马的、折元宝的、写账的都热闹起来了。何旺子在道士中依然是焦点，都是本村的人个个都是熟面孔，他们都爱开何旺子的玩笑，他们故意惹何旺子发恼，恼怒下的何旺子说话的声音越发的尖，像根针，但这根针又不扎人，反而挠痒痒似的挠得一片笑声。他们问何旺子什么时候娶媳妇生个小道士出来。有登鼻子上脸的人还要去脱他的裤子，看他的东西能否做种了。何旺子护着裤子赶紧跑出帘棚。师傅在堂屋面朝帘棚点香，面无表情，他用眼睛的余光瞟了一眼跑出帘棚的何旺子。师傅向打大锣的递了个眼色，锣"嗡"地响了起来，法事就开始了。

师傅是上半场，何旺子只负责敲小锣。天黑了，村里的人都来了，独独没见六儿。六儿是最喜欢看热闹的，六儿大伯都来了，还得了一顶孝帽，刚被知客先生请去吃饭了。何旺子想去看看六儿，便把小锣轻轻放在了桌上，此时师傅刚好背转身去在向天祝告。何旺子就溜了，反正是敲小锣少一个人敲不打紧的。

六儿大伯家在一口堰塘旁，那堰塘一角有片荷花，莲蓬早被人摘了，花也差不多尽了，几朵迟荷花在塘中间幽幽开放，荷叶都已经开始撂挑子了，折的折了，枯的枯了。天上大半个月亮倒在水里，亮得连周围的白云都看得见，星星很少。

六儿大伯家门口的晒衣竿还搭着满满一竿衣服，那衣服不是一件一件晾的，是一坨一坨晾的。一看就是没有得力女人的家。大门是关着的，小屋的门好像是虚掩的，有光透出。何旺子在门外叫，六儿，六儿。没人理他，连鸡都不理他。

何旺子推开小屋的门，小屋是厨房，厨房后面是猪圈，何旺子听到有猪哼哼的声音，便走到猪圈来，猪圈墙外一根尼龙拉绳，一拉猪圈昏暗地亮了。在昏暗的灯光下，何旺子看见六儿嘴里塞了只抹布，双手双脚都用麻绳捆了，窝在半干半湿的稻草上，旁边一个盛糠的猪食桶。六儿看见他，嘴里发出呜呜声。何旺子将他嘴里的抹布扯下。六儿忽然嘤嘤哭了起来。

何旺子问，你大伯打你了?

六儿点头。

何旺子又问，打就打了，你大伯还这样绑你是为么子?

六儿说，你们组卖东西的周老爹他跟我大伯说，他要跟翠儿睡觉，每次给我大伯三十块钱，我大伯答应了。翠儿不依，我护翠儿，我大伯就打我。今天那个死老头来看热闹，看到翠儿，他又给大伯三十块钱，我大伯又把他往房里引，我堵住房门，我大伯就打我，他们还拿绳子绑我，把我甩在猪圈里。

何旺子说，翠儿呢。

六儿说，在房里呢。不知道那个死老汉子走了没有。

何旺子把六儿身上的绳子用菜刀割断了，两人穿过厨房又穿过两个堂屋，才到他大伯的房里。六儿拍门，拍了半天门才开，是翠儿开的。六儿把房里的灯打燃。何旺子看见房门口站在赤身裸体的翠儿，翠儿的肚子鼓鼓的，像只青蛙，没穿衣服的翠儿也不觉得羞耻，她不知道羞耻。

何旺子站在床边竟看呆了，他看看六儿，六儿似乎也呆了。

稻场听见有人说话的声音，是六儿大伯跟人说话的声音。六儿跟何旺子又惊又吓，准备拔腿往外跑时，大门已经被推开了，接着房门就推开了。首先受惊的是六儿大伯，他朝何旺子上下看了看，问，你个小骡子，跑我家来做什么?

何旺子顿时结巴了，六儿大伯天生一张红脸，眼睛睁着，像是有东西给撑住了似的，圆瞪瞪的，一对眉毛又浓又密，像泼了墨似的，一副恶鬼的样子，让人害怕。六儿大伯身后还站着两个老头，何旺子虽不认识，但感觉面熟，肯定也是本村的人。他们都盯着翠儿看，看她饱满的胸部，看她鼓鼓的肚子，眼睛里放出饿狼的光来。

翠儿突然发狂了，她捡起地上的电筒砸六儿大伯，边砸边叫，翠儿哭喊起来，震得人耳朵发麻。站在房门外的两老头赔着笑脸说，老哥哥，您把钱退我们，我们走吧，这事就算了。

六儿大伯从电筒的袭击下侧出身来，一把揪住翠儿的头发，扇了翠儿一巴掌。六儿的身体颤抖起来，两条腿在不停地抖动。何旺子也是一样。翠儿还在跟六儿大伯扭打，大伯的巴掌狠狠落在翠儿的身上。六儿的手在惊恐与愤怒中终于握成了拳头，他开始一拳头一拳头砸向他的大伯。何旺子伸出了拳头。直到把六儿大伯捶得倒在地上。门外的两老头已经跑了。

六儿大伯在地上直哼哼，向六儿告饶，喊救命。何旺子才猛地收手，六儿也住了手。身上攒着的劲一下子就泄了，两人都气喘吁吁的。

何旺子赶紧连滚带爬地从门里跑出去了。他跌跌撞撞地跑到丧家那里，师傅还在灵牌前唱经，快唱到《血盆经》了，两个孝子从后面端来一木盆热气腾腾的红糖水。何旺子大叫，血，血，血。

13

翠儿怀孩子了。这消息是六儿在田里告诉何旺子的。何旺子有天早上准备去师傅那儿，忽然看见了田地里的六儿。

六儿说，翠儿怀孩子了。

何旺子说，真的？翠儿真的怀孩子了。你有孩子了。

何旺子在去师傅的路上，忽然哼起了瞎子以前教他的歌，这歌他好久都没有唱了。“小妹子今年一十七啊，收拾打扮去看戏，外带小生意啊，依呀哟，外带小生意啊。”到了茶铺村，经过师傅家茶园的时候，何旺子特地从路上跳到荆棘密布的田埂上，他对左胜的坟作了个揖，说，左胜瘸子，翠儿怀了孩子了，她给六儿怀了孩子了。

何旺子到师傅家，看见师傅家的小屋屋顶的烟囱在冒青烟，进屋一看，师娘回来了，师娘给何旺子带了一罐奶粉，何旺子想把这罐奶粉送给翠儿。

师娘是回来采茶籽的。十月间了，茶园的茶籽熟了，这东西产量少，金贵，采了炸成茶油，是很讨那些追求返璞归真的城里人的喜欢的，茶油贵，所以茶籽也就很宝贝。师娘家的茶园快荒了，毛林草深的，一进去，一条土蛇就钻了出来，吓得师娘倒抽一口凉气，就骂何旺子，你一天到晚跟你师傅在忙些什么，整个乡里都跟炮打了似的，活的人都没几个，死的人又有几个？难道你们一天到晚做丧？

何旺子不作声，见了茶籽就摘。摘到最后面时，师娘尖叫了一声，说，天啦，我这几根茶树怎么全死了？这是得罪了茶神了。

何旺子赶紧四下里瞧，真的有茶神？那几株茶树清明前采茶时还是好的，记得夏天时他还跟师娘进来锄过草，这几株茶树也是绿油油的，连同那棵绑了红绸的茶树都枝枯叶黄了。师娘叫何旺子去把师傅叫来，师傅过来看了看，说，可能真的是污了茶神。茶树是有灵性的，最爱洁净。

何旺子猛然想起过七月半时，他看见六儿大伯把翠儿按在地上，就是在这个地儿。何旺子就把这事跟师傅说了。师傅说，就是这个事，地肮脏了，没得救了。

师娘还在那儿发烦，骂人，骂翠儿、骂六儿大伯，连埋在坟里的左胜都骂了，怪他招来翠儿，惹出一些事。

何旺子背着背篓不作声，路旁有脚步声，何旺子心下一动，莫非是翠儿？真的是翠儿，她、六儿和六儿大伯三人。

六儿大伯老着一张脸，问师娘，嫂子，烦什么呢？有些事讲得，有些事讲不得。

师娘先脸上有点挂不住，但转而却是一副豁出去的样子，说，怎么呢，六儿大伯，人在做，天在看，举头三尺有神灵，你以为你做得巧妙，你来看看我这几棵茶树，它都羞死了。人还是要长脸，不能跟畜生样的，连树都知道要张皮呢。

六儿大伯说，谁是畜生了？谁不要脸了？

师娘说，我说那种脱裤子日女人不择对象不择日子也不择地方的人，这样的人不跟畜生样的。比畜生都不如，畜生恋裆都知道找个背人的地儿。

六儿大伯气极，跳下来，拨开荆棘准备寻上来理论的，他一跳，左胜坟头上一块石头忽然滚了下来落在他的脚尖处，而且还刮了一阵漩涡风。六儿大伯镇住了。翠儿在路上叫了声，左胜。六儿大伯就露了怯，退回去了。

何旺子在茶园里问六儿，六儿，你们干什么去？

六儿说，去镇上医院给翠儿检查检查。

何旺子问，你们回来还走大路吗？

六儿说，不知道。

何旺子等他们等到晚上七点，他们也没从茶园经过，可能是从小路回去了。何旺子抱着师娘送他的一罐奶粉回家去。到了村超市那儿，看见六儿坐在超市门口的长板凳上，跟周老爹说着话。何旺子问，六儿，你怎么在这里？

六儿说，等你哩。

何旺子问，怎么了？

六儿说，我大伯说要把翠儿肚子里的孩子打掉，说她怀的不是我的孩子。

何旺子问，是谁的？

六儿说，不知道，我大伯说是日子不对，翠儿七月来的，肚子里孩子已经有五个月了。大伯说不是我的，要打掉，到时候生下来丢人现眼。

周老爹说，五个月了，从端阳节就怀起了，这估计是左胜的种，这憨头给左胜怀了个遗腹子，左胜生前都不晓得。

何旺子回家，听到竹园里有拖鬼雀子叫，“拖，拖，拖”，叫声短促而诡异，令人汗毛倒竖。何旺子朝竹园里扔了块土垡，随即就有鸟扑腾翅膀的声音。叫着“拖，拖，拖”飞走了。何旺子在马太婆家看了会电视，回来懒得洗脸洗脚，就和衣躺在床上。房里两张床，那张是大伯跟大妈的，没人睡，大伯走时都把铺盖卷了，蚊帐也垂下来扎在被絮下面。何旺子开着灯，睁着眼看着墙上挂着的瞎子留给他的胡琴，又看了看房梁上悬挂着的大伯的一件蓑衣，这蓑衣还是爸留给大伯的，那么悬挂着，何旺子觉得像吊死鬼，但因为是爸爸穿过的，何旺子倒也不怕。

忽然，何旺子听到嘻嘻嘻的笑声。何旺子顿时坐起来，头顶的黄毛都快要爆炸了。嘻嘻嘻。是大伯床上发出来的。何旺子吓得都要失声了，他的道士还没学到能治鬼的地步，但还是念了句，急急如律令。何旺子颤抖着手用秋柜一根竹棍子将蚊帐挑开，是翠儿。她盘腿坐在卷成一团的铺盖后面。

何旺子问，你什么时候来的？你来我这干嘛？

翠儿说，我刚刚跑出来的，六儿大伯要打我。打我肚子。

何旺子说，你肚子里有孩子，不能打。你饿吗？我给你冲牛奶喝。我师娘给我送了罐奶粉，我送你，你喝。

翠儿将罐子打开，直接用手抓进嘴巴里，说，甜，好吃，你吃。何旺子也随她坐到大伯床上跟她一起抓奶粉吃。是很甜，是很好吃。你一把，我一把，翠儿笑眯了，何旺子也笑眯了。何旺子觉得这个夜晚跟奶粉一样甜，冷清而孤寂的夜晚终于有个人做伴了。何旺子用手摸翠儿的肚子，肚子居然会动，何旺子嘻嘻地笑，翠儿也嘻嘻地笑。何旺子看翠儿，她的龅牙，她的肿脸，她的朝天鼻都不讨厌。何旺子看得定定的。何旺子说，翠儿，我们一起过吧，你给我生个孩子，要孩子将来也跟我师傅学道士，我们让他拜将，拜了将的道士最狠，可以用手绢打酒，还可以架偏稻场，以后谁打你，我们就架偏稻场。

何旺子觉得浑身火烧了似的，连喉咙都在冒烟，渴得难受，身体内部有种什么东西在厮杀，弄得何旺子心神不安，而且裆部发热，他用手捂住下面，硬邦邦的像根棍子。何旺子的头脑里闪现出在左胜窗户边和师傅茶园里看到的场景，他们轮番占据何旺子的大脑。何旺子的手伸向翠儿的胸部，翠儿自己把衣服掀开，让何旺子摸。翠儿还教何旺子脱了裤子，翠儿张开腿，让何旺子睡下来。何旺子不断想象那两幅画面，他最后终于弄通了，他也可以像左胜，像六儿大伯那样在翠儿身上颠了。何旺子热泪长流，下面也如决堤的洪水般，汪洋滔天但是却又让人欲罢不能，那一刻，何旺子觉得死了都是值得的。

忽然，听见有人拍门，很凶地拍门，何旺子跟翠儿紧张起来，翠儿哭道，准是六儿大伯，他们要打我，要打我肚子。

何旺子手拿棍子说，不怕，我保护你，我一棍子铲死他。

大伯家的门不经拍，竟开了，六儿大伯带着六儿还是有超市的周老爹进到房里来，六儿大伯带了根绳子，他跟周老爹一道上前来绑翠儿，翠儿在地上翻滚，不让绑。何旺子则用手里的竹竿死命地打六儿大伯和周老爹，可他们都不理会他，何旺子就觉得一定是自己没有用劲，便使劲打，六儿也帮着一起打，打，打，打。

可翠儿最后还是被他们绑走了。翠儿扭过头，用哀哀的眼神看着何旺子，说，我走了。

何旺子说，不！他伸手上前去拉翠儿。“咚”一下，何旺子的头栽到了地上，他一惊，醒了，原来是一场梦，他用手摸了摸自己的下面，一片冰凉的潮湿，黏糊糊的。

天已经亮了，回想刚才那个梦，何旺子有种不祥的预感。他一出门，就看见公路上站着不少人，他们都在用耙子耙枯草，像是拢堆点火焚烧的样子。偶尔还听得几声鞭响。

何旺子上得公路去打听，马太婆告诉他，翠儿死了，说是六儿大伯昨天带翠儿去检查说翠儿肚子里的孩子不是六儿的，就要医生给她做流产，快六个月的身孕了，做的是引产，一针打下去，翠儿喊叫了大半夜，孩子是生下来了，但翠儿大出血，血没止住，说是天蒙蒙亮人就走了。那孩子还是个儿子，被护士剥了胎盘后丢医院厕所里了。

死了。翠儿死了。何旺子像是被雷击了一样。前面有鞭炮声了，翠儿快来了。何旺子看见四个人抬着一个竹躺椅，上面盖了一床被子，被子遮了住头，但脚露出来了，那脚一只穿了鞋子，一只没穿鞋子，两只脚吊在躺椅下晃荡晃荡，何旺子看到了那吊着的双腿上还有一道道干枯的血印子。马太婆把草堆点燃了，有火又有烟，浓浓的烟。何旺子熏得眼泪直流。

何旺子看见后面还跟着六儿，六儿手里提着一个开水瓶，跟在后面号啕大哭。何旺子冲了上去，一把将六儿推在了公路旁的水沟里。六儿也不理，一边哭，一边在水沟里走。

14

翠儿死了，翠儿姑妈领了一干人来讲口（闹事），闹了一场，得了三千块钱也就罢了。六儿大伯把自己的棺材给了翠儿，却不肯让出自己的田地来安葬她。后来村里就把翠儿埋在了张瞎子旁边，村里规定不准立坟头。

听说翠儿死了，师傅跟师娘倒是痛哭了一场。晚上，师傅在家在家设坛，挂起高功，跟何旺子两个人做了场法事，加唱了全本的《血盆经》，何旺子竟然一个字都没有错。师娘他用木盆冲泡了一大盆糖水，三个人一直喝到天亮。何旺子不明白师傅为什么如此待翠儿，按照乡俗，像翠儿这样的亡人是不做法事的。师傅说，我是受人之托，翠儿妈生前领翠儿来过我这里，翠儿妈嘱咐我如果我活着的时候，翠儿死了一定要为翠儿做一场法事，做全套的，好好超度她，让她有个好来世。翠儿妈把她自己治病的钱都给我了，就只托付了我这一件事。

师傅的话说长了，没有停歇的意思。师傅说，你爸爸其实也来过我这里，也把你托付给了我，你爸爸说你有先天性心脏病，说不定哪天就走了，都说年轻的亡人是不允许做法事的，但你爸爸还是希望你能有个好来世。我们这里命不好的人都不兴记生日，记了生日下辈子投胎就还会带着这辈子的印迹，就投不了好胎了。何旺子忽然大哭起来。

圆坟那天夜里何旺子来到埋翠儿的地方。何旺子先给瞎子磕了个头，说，张师傅，旁边睡的是翠儿，她是个憨头，您带着她一点，她眼睛是好的，你就让她去牵你。我以后多给你烧钱。

又快过年了。今年村里的年不怎么热闹，好多出去的人都没有回来。大伯也没有回来，师傅的儿子儿媳和孙子也没有回来。何旺子在师傅家里团的年，吃过年饭，师傅带何旺子上坟，给师傅爹娘的坟头点燃蜡烛。师傅说，天上一颗星，地上就一个人。这些人生前活着时没有多少亮，不能死后也没有亮，所以就要送灯亮。

天快麻眼了，田野中有些坟都燃起了蜡烛，有些坟还是黑的。何旺子也要回去给爹娘送灯亮，师傅给了何旺子一大包蜡，说，反正有多的，你拿去吧，以后停电了也用得上。何旺子接过，他心里有个想法，就是沿途经过的坟头只要没有亮的他都要让它有亮。

他给左胜点了一支，给自己爹妈点了一支，爹妈的左邻右舍也给点了，一路上没亮的坟包都有了亮，再往前就是去瞎子那儿了，刚好就剩两支，一支是瞎子的，一支是翠儿的。

开屏

1

朵，你妈摔了。老家隔壁的马叔在电话里说得急匆匆的。秦玉朵顿时一惊，问，没摔着腿吧？马叔说，腿没事。秦玉朵稍稍安慰了些，问，怎么搞的？马叔说，下雨，你妈搭梯子上屋检漏，梯子打滑，你妈就摔了，送到乡卫生院拍了片。骨折两处，肩骨和肋骨。现医生在给她绑石膏。

秦玉朵急得团团转，真是平地里添乱，单位领导正处于辞旧迎新之际，各方人马动荡不安，她屁股下的位子本就不稳，现改朝换代，万象更新，会不会把自己更掉都还另说呢，她只能认真上班，不迟到不早退，像母鸡趴窝似的把屁股下的位子趴住。这是个节骨眼，可妈竟不合时宜地骨折。哎，少不得要请假，还不知道新局长是个什么脾气，新官刚上任，就往人跟前递请假条，有不给人面子的嫌疑。又气，气妈，都什么年纪的人了，还爬高爬低，不少吃不少穿，一周打三四次电话，千叮咛万嘱咐要照顾好自己，答应得好好的，现把自己照顾得骨头都断了，还进了医院，硬是不让人省心。

她在心里打算好了，就请两天假，回去赶紧把妈接这边来，刻不容缓。这样妈照顾了，工作也照顾了，忠孝两全。

把妈接这里来，是秦玉朵一个人的主意，回去还得跟丈夫南翔说一声，得跟婆婆冯岚说一声。这比跟局长请假更让秦玉朵皱眉毛。当然，他们母子不会说什么，她家就她一个独女儿，妈不能动弹了，不指望她还能指望谁。也就是你说了，他们不搭腔，一个跷着二郎腿大爷般不说话，一个双臂环抱娘娘般不吭声。沉默，但只要是不反对，就算是同意了。默许大抵就是这样。秦玉朵没指望他们能热情地伸开双臂迎接亲家母或者岳母的到来。能做到表面上的客气就算是抬举他们是宦门之家士大夫出身的了。

这个家对秦玉朵的轻视打从秦玉朵与南翔谈恋爱的时候就开始了。大四毕业那年，南翔头一次领秦玉朵进家门，在沙发上，婆婆冯岚跷着兰花指捏着紫砂小茶杯，眼睛红外线扫描仪似的将秦玉朵从头看到脚，又从脚看到头，秦玉朵在这种密不透风的扫视下，心里打鼓似的咚咚咚，腰板僵硬在沙发靠背上，一动不敢动。南翔在书房陪他爸爸聊天。客厅里无人救驾。秦玉朵急中生智地对冯岚笑了笑，讨好地笑。

冯岚也笑，问，小姑娘是哪里人?

秦玉朵说，萧市的。

冯岚问，城里的?

秦玉朵说，下面秦县的。

冯岚问，秦县县城的?

秦玉朵兀自气短，说，下面的。

冯岚还在不停地问，城郊的?镇上的?

秦玉朵的头不自觉地低了下去，双手夹在腿缝处搓过来搓过去。客厅里安静了片刻，冯岚的声音停歇了，但脸还是望着她，那表情还没停歇，摆明了要问个水落石出，她是在等秦玉朵自己回答。好半天，秦玉朵才蚊子似的说出，我是秦县马镇乐村的。冯岚像吃了炸药似的惊道，农村的?秦玉朵的脸一下子涨红了，她是为自己的出身有点难为情，甚至自卑，但眼前这个披着貂毛披肩的老女人像是跟农村有仇似的，那声惊叫充满了对农村人的嫌弃与厌恶，很是伤了秦玉朵的自尊。一下就冷了场，然后，冯伯母客气地把水果盘往秦玉朵那边推了推，说吃桃，这是新摘的蟠桃。这礼让是一种抚慰，只是姿态上有些趾高气昂，像天庭里王母娘娘般。秦玉朵拿了蟠桃，朝"王母娘娘"望了望，"王母娘娘"也回报了她一个笑，那笑一点点洇开，跟他们家博古架顶上供着的独山玉观音一样，有种敷衍的慈眉善目，是那种对你了如指掌洞穿内心，旗开得胜然后在心理上又无比藐视的笑。这笑跟衙门里喊"威武"一样，一下就震慑住了秦玉朵。那天，招呼秦玉朵吃完蟠桃后，"王母娘娘"就进了书房，把秦玉朵一个人晾在了宽阔的客厅里，硬着头皮听了半个小时的中国京剧音配像之《红鬃烈马》。

头一次上婆婆家门，别说见面礼，就是饭也没吃上一顿，晚饭还是南翔带她到猪肚鸡去吃的。

城市人门槛高，何况是南公馆这样的门第。南翔爸爸南伯达是竹山区副区长，冯岚是市京剧院唱青衣的，国家一级演员，只是他们的儿子南翔不大争气，考了个纺织工业大学，二本，更不争气的是认识了来自农村的秦玉朵，还死活让人做他女朋友。那时的秦玉朵也不是你想追就能追到手的，一米六五的个子，体重才九十斤，而且她身上的骨头跟肉配合得非常好，该出肉的地方骨头绝不出风头，该骨感的地方肉绝对安分守己，这样的身材无论穿什么都玲珑有致、衣袂飘飘，头发长睫毛也长，眼睛嘛不大，但架不住那眼角往上翘啊，那一翘就跟个钩似的，勾人心魄啊，鼻子又挺，嘴巴肉肉的，要命的还是个尖下巴，皮肤也好，有红又有白，那样的女生就是一道光，走哪哪亮。才进大学门，就把大三的南翔给迷住了。头两年，秦玉朵根本就不鸟他。南翔为她弹断过两把吉他，为她喝醉过五次。后来，秦玉朵一点一滴知道了南翔的家世，才开始渐渐施给他一些青眼。南翔不到一米七的身高和一百五十斤的体重是配不上她，但是南府这样的门第她也算是高攀了，眼见得马上就要毕业了，这样的门庭解决起她的工作来，是易如反掌的。

人光长得漂亮没用，还要心孔漂亮。这是妈说的。妈最怕的就是她会红颜薄命。妈见多了没好下场的漂亮女人，她自己就是，落在农村里，受一辈子穷。妈说女人就是菜籽命，落在肥处是一棵肥菜，落在瘦处是一棵瘦菜。妈还说漂亮女人没好下场，是因为她们缺心孔，头脑容易发热，特别是感情上把握不住自己，仗着漂亮，经常贱卖给了花言巧语和甜言蜜语。甜言蜜语值几个钱？真金白银才不落虚空。妈说这些话，秦玉朵都一一捡在了心里。爸在她高二那年，死于车祸，肇事司机赔的几万块钱，妈省吃俭用供她读书，委实不易。她也没什么本事——考二本就是证明。这长相算是一种资本，她得好好利用它。“好风凭借力，送我上青云。”成为南翔的女朋友继而成为他的妻子，把根扎在这个繁华的都市里，彻底告别农民身份，这就是她的“青云之志”。

受到未来公婆的冷落算什么。秦玉朵与南翔面对面吃滚烫的猪肚鸡，照样谈笑风生，天真无邪。南翔是她手里的利器，她要好好将他拽在手里，她不能以爆竹似的脾气和任性吓跑了他。两军对垒之际，她更得使出浑身解数将这个能左右乾坤的棋子揽在怀中，为了能拴住他，她到医院还做了上环术，免去了他戴套之苦。

冯岚与南伯达是坚决不同意这门婚事的，门不当户不对，未来的儿媳妇在竹山区各局长出类拔萃的女儿中都得挑挑拣拣，哪能由一个农村丫头辱没了门庭。但南翔死活坚持，不惜断绝父子母子关系也要娶秦为妻，哭过闹过，就差没上吊了。秦玉朵跟南翔拖了两年，公婆见实在拆散不了才松口。

但进了南家的门，并不代表她就成了南家的女主人。婆婆才是，即使秦玉朵生了佳佳后，她在南家也抖不起威风。婆婆重男轻女，她虽然待佳佳不薄，但对生出佳佳的秦玉朵是没有好脸色的。她逗着佳佳好好的，见秦玉朵在旁，就会用断香火之类的话来刺她，秦玉朵刚开始会回嘴，还把话过给南翔听，说你妈真恶毒，嫌弃我是农村的也就算了，居然嫌弃自己的孙女儿，还城里人，还国家一级演员，就这也配她卧室里挂的“德艺双馨”四个字？南翔起初还给她赔小意，买各种礼物来哄她。日子久了，夫妻间的情分淡了，秦玉朵一度居安不思危，以白天家务繁重为由，到晚上四体不勤房事疏懒，南翔恨得咬牙，加上婆媳矛盾接二连三，搅得南翔头疼，便开始厌烦秦玉朵，人都厌烦了，还何况人说的话。秦玉朵再说他的妈，南翔就觉得刺耳，说，你要是容不下我妈，你就滚！

秦玉朵顿时怔住，这个家到底是谁容不下谁已经不重要了，关键是滚，她能滚哪去？她从未想过这个问题，如当头棒喝，她瞬间明白了自己的处境，在没想好能滚到哪儿去，自己就还得依靠这个家，翅膀没硬之前，尾巴就得牢牢夹住。

她以滚哪去这个严峻的现实问题在南府败下阵来，再不敢生半点跋扈之心，低眉顺眼地将日子归于平淡。她觉得她像是被五行山压住的孙悟空，南翔跟冯岚还有一些琐碎的人情世故组成了山，佳佳则是贴在山上的那道符。这辈子甭说翻身，就是浪她也翻不起来了，但她暗暗里还是攒着劲，她不相信她的生活就透不出一点光来。只要把工作跟她落实了，有了一定的经济基础，哪儿都可以滚的时候，她的腰杆就会硬气起来。谁天生下来就该看人脸色吃饭的？

下了班，在餐桌上，秦玉朵说了妈骨折的事，也说了接妈来这里照顾的想法。婆婆冯岚没作声，给佳佳喂饭，勺子在碗沿上敲得清响，吃不吃？吃不吃？南翔仔细嚼了三口饭后说话了，他说，伤筋动骨一百天，你妈怎么搞的？

秦玉朵没吭声，冲着他“你妈”这个字眼，她也不愿做答。她知会他们知道就行了。她虽柔软，毕竟还有一两二两的骨头。就算他们再嫌弃她，但冲着才长牙的佳佳，她知道她在这个家还是有一定分量的。

2

紧赶慢赶赶到老家，看到厢房里木架床上躺着的妈，胸前绑着甲板，手臂缠着绷带吊在脖子上，秦玉朵又心疼又气愤。村里乡邻都来了，挤在房里。秦玉朵淌着泪，不停地数落妈，谁要您上屋去侍候那些瓦了？那漏是漏到您锅里了还是漏您床上了？现在单位忙得一塌糊涂，领导换了，新官上任，人人自危，您说您这乱可真选日子。妈横竖不还一句嘴，脸上的表情满是疼痛。这番话语众人听不下去。马叔咳嗽了一声，说，朵，你不能这么说你妈，你妈这摔一下，不是自愿的，她现在是病人，你要多体谅她。旁的人立刻附议。秦玉朵兀自心虚，看着妈的这样子，也不忍心再责备了，事情已经这样了，责备也没用。

摔哪了？拍的片子呢？我看看。秦玉朵换了一种语气，温软的平和的语气，是为刚才的坏情绪道歉的语气。

马叔把片子递给她。秦玉朵对着亮光看起来。看不懂。但看一下也是一种表达孝心的方式，对自己对妈对这些乡亲也是一种抚慰。有乡亲问秦玉朵她老公好不好，孩子好不好？怎么老公没跟她一起回来？秦玉朵说老公好，孩子好，老公单位忙，又刚提了职，实在走不开。也有人问秦玉朵怎么不开车回来？如果要把妈接过去，不会是搭车去吧。秦玉朵说，车在做保养，提不出来。又说，妈都这样子了，怎么可能会搭车去呢，从镇上包车走。

马叔说，从镇上包车到你们那里总得要两千块吧？啧啧。

马叔老婆说，这点钱对朵来说算什么？整个村里，就朵最有出息。马婶站在床头说，人吧，老了都是享儿女的福，秦嫂子前世修了的，修了这么个能干女儿，比儿子还靠得住。

妈的脸上终于有喜色了。秦玉朵知道妈喜欢听这样的话。妈是个观音胎，就只怀了她一个女儿，农村一向重男轻女，以前爸妈为这还是受过些气，玉朵小时听到别人贬损丫头的话，耳朵里长出麦芒。她在心里跟自己鼓劲，长大后一定要出人头地。这些年，秦玉朵每次给妈寄钱都用汇款单寄，每月六百。小卖部的老何给妈送一次汇款单，就摇头叹息一次，他是养儿子的人，他儿子现今在大城市的建筑工地上为祖国建设添砖加瓦，每月不说给他寄钱，去外面干活的车费不让他们贴就算好得啦。秦玉朵要的就是这效果，她就要让这些看不起丫头的人为自己生出个带把的感到心理不平衡。他们对妈的羡慕就算是替妈出了当初憋下的气了。只是爸去世得太早了。这是秦玉朵跟妈最遗憾的事。

秦玉朵看看表，时间不早了，开始收拾妈的东西。也没什么可收拾的，几套换洗衣服和妈吃的药而已，缺的到了那边现买。乡邻们也帮助秦玉朵一齐收拾。妈说，朵，你能不能在家待两天？非要今天走？我这疼动大呢。这让秦玉朵很为难，在家待两天，她就得跟领导再次请假，昨天递请假条，新领导的不高兴就摆在了脸上，拿着条子像看假钞似的，手上的笔似乎灌了铅，琢磨了半天才画出“同意”两字。现又延长两天假，当然开了口求求，领导会很为难地同意，可领导会觉得你是蹬鼻子上脸，而且做事欠考虑，既然你妈的情况这么严重，你刚开始就应该多申请几天假。你办事如此不周全，以后重要的事情敢交给你做？不做重要的事情，那在单位里不像个闲人？既然是闲人，那单位要我做什么？秦玉朵想了想，还是不能多待的，必须今天走，马上走，明天正常时间得出现在单位里，得端端正正坐在自己的办公椅上。不能在新领导眼里坏了印象。

秦玉朵说，妈，你这疼也不是多待两天就能解决的，您今天忍忍，到了省城，我把医生接家里来跟您重新包扎，您就在那里静静养上三个月，就好了。

妈就不再说什么了。秦玉朵开始联系车，她有几次是在县城包车回的，存了几个的士的号码。秦玉朵跟司机谈价。电话那头要价是三千，秦玉朵一惊，三千？不是说两千左右吗？又不是年头腊尾的，你宰人呢！电话那头说，三千我都没赚的，现在油价跟野马一样，都脱了缰了，我们也没办法。秦玉朵有些不耐烦，说，行了行了，你赶紧来吧。马叔有些愧色，说，现在包个车到省城都三千了？我还只以为两千呢。啧啧，吓人。秦玉朵嘴上说没事还好，心里也觉得吓人，近些年她明显觉得家乡人也学会了狮子大开口。村里人大多散了，留了几个跟妈来往多的乡邻，都开始聊起物价上涨的话题来，从前的一碗面多少钱，现在一碗面多少钱，从前看个病要多少钱，现在看个病多少钱？最后总结，人只有不活了，才活得起。秦玉朵笑了笑，苦笑，她跟他们有同感，觉得这日子过得真没劲。

车来了，妈被几个邻居搀扶着下了廊檐。秦玉朵锁了门，妈嘱咐把钥匙给马叔，让马叔帮忙照看，鸡有二十只、猫一只、狗一只、辣椒有两垅、茄子有一垅、豇豆搭了架在结荚，妈一一跟马婶做交待。马婶说，这些都不要你操心的，你到朵那里把伤养好，好好享姑娘的几天清福。马婶说享清福，秦玉朵略感些羞愧。车子开动后，妈用那只好手跟村人作别，秦玉朵鼻子蓦地发酸。自爸去世后，妈受这些乡邻的照顾比自己做女儿的还要多一些。自己大学毕业在城里落了根，一年难得回来两次，每次回来过不到两夜就急匆匆要走，三百六十五天，自己陪妈的时间不知道有没有五天。

村公路的石子铺了近八年，也没见整出条水泥路来，石子高低不平硌脚又硌车，车不稳，妈就难受，眉间皱成一团，眼皮也耷拉下来。妈难受秦玉朵就难受。她能感受到妈的疼痛是地动山摇的。秦玉朵一个劲的叫司机注意点注意点，司机烦了，秦玉朵便跟司机拌起嘴来，车开到县城长途车站附近，秦玉朵叫停。给司机一百块钱。司机说，不是到省城吗？秦玉朵说，照你这开法，开到省城非出人命不可。司机说，这马上上高速了，车就稳了。秦玉朵摆出副不可商量的口气来，行了，我换车。司机骂了句神经就连四个轮子一起滚了。上高速了，坐什么车都稳，不一定要包车。秦玉朵背着两个行李包搀扶妈朝车站走。妈挪一步，就倒吸一口气，太阳当头照着，妈的衣衫湿透了。路上车来车往，秦玉朵小心翼翼护着妈。妈用胳膊拐了一下她。虽轻，却令秦玉朵心惊肉跳。妈对她放弃包车改乘汽车还是有想法的。但秦玉朵还是到窗口去买了两张票，花了三百。这一下就省了二千七，一个月工资啊，为什么要花在包车上？

秦玉朵捏着车票跟妈说，我们在县城换了车，村里人又不知道。那个包车的钱我到时给您，不比给那不认得的司机强。

妈说，我疼，走一步路就要命。不说不省钱，该花的地方就不能省。

秦玉朵说，现在知道疼了，要命了，你当初搭梯子的时候怎么没想到呢。不这么摔一下，我们大家都好，都太平。

妈没作声了，秦玉朵也觉得自己话重了，便也不再作声。妈哪里知道她的难处，她虽嫁到了一个体面的人家，可经济上面婆家跟自己算的是门清，自己占他们家的便宜有限，花钱大多是花自己的，把两千七甩在路上，她是舍不得。

到省城要五个小时的车程，秦玉朵在食品部给妈买了些面包糕点饮料之类。上了车，为了减轻妈的痛苦，秦玉朵伸出胳膊枕在妈的背部，车程近一半时，秦玉朵的手臂整个就麻了，但她忍住，没动一下。她想以这种麻木来惩罚自己省钱的行为，她内心还是隐隐觉得自己的做法欠诚意。天已经黑了，妈睡着了，她靠在秦玉朵的胳膊上，眉头舒展了一些，脸上的神情很平和。妈这样放心地依偎在自己的怀里，这让秦玉朵生出一股力量。她一定要让妈靠得住，无论是这支胳膊，还是其他的。

3

大概十点到的家。一下车，秦玉朵就给南翔打了电话，叫他准备吃的东西。秦玉朵把妈安置在沙发上，到餐厅看了看，桌上摆着两碗方便面。秦玉朵顿时就来气了。妈今天来，他是早就知道的，不说先预备着在餐馆弄两菜上来，起码桌上也应该见点荤腥，冰箱里什么没有？哪怕是煮两鸡蛋也好啊。就两碗开水泡面欺负她们娘俩。

这时书房的门开了，南翔走了出来，在客厅里喊了声妈，算是打招呼。妈却很激动，问他最近好不好，工作忙不忙。南翔说，好，工作嘛还好。妈问，亲家和佳佳呢。南翔说，妈跟佳佳去深圳姐姐家了，姐姐说香港最近东西在打折，要妈跟她去购物，顺便带佳佳到迪士尼公园拍几组照片。妈说，哦，还是你妈妈有福气，我这辈子别说香港，连省都没出过，没坐过火车也没坐过飞机。南翔说，对了，我妈给您备了份礼物，叫我跟您说，说真是对不住，您摔成这样子过来，本该在家陪您的，现在出门，像是故意躲您似的，叫您别多心，在这安心养着，大好了就回去。南翔说着就打开了沙发旁边的柜子，应该是件衣服，妈好像还很喜欢，连连说让亲家破费了。

他们的对话，秦玉朵在厨房听得一清二楚。虚伪，真是虚伪，哪里像是故意躲的，本来就是存心躲出去的。香港一年四季都打折，迟不去早不去，可巧亲家摔骨折了要来了就去了，怕要她照顾了。不过也好，替她把佳佳带走了，省她记挂老的又牵挂小的。秦玉朵在冰箱里翻弄，找出了半袋冻虾、鱼糕、卤牛肉，在冷藏室里取出鸡蛋、牛肝菌和一把芦笋。她原本是要将手中的锅铲在锅里弄出动静来的，但客厅里的妈成了一种辖制，她只得忍住。不过这比较丰盛的食材也是一种表达，这些她跟妈肯定是吃不完的，但她还是要全部做出来放桌上，收碗时，一股脑倒掉。她在这个家很少糟蹋东西，但今晚她要，她要以这样的浪费来还击他对她们的怠慢。

电子打火灶在滴滴滴了几声后“嘭”一下喷出一圈蓝色的火苗，继而塑料拖鞋擦在实木地板上的簌簌声尾随而至。南翔倚在厨房的门框边说，你还干什么？秦玉朵说，炒菜。南翔说，这些都炒？吃得完吗？明天不能做？秦玉朵说，吃不完倒掉，多大个事？南翔说，你神经病，一回来就拉着脸给谁看？我加了班回来给你们烧开水泡面，回来还热脸贴你的冷屁股。你要倒掉干脆现在就全部扔垃圾桶里，省得搭进油盐和气力。

秦玉朵转动按钮，加大火力，锅里顿时沸腾起来。秦玉朵压住怒火，对南翔说，滚！

南翔一把钳住秦玉朵的胳膊然后朝外拐，秦玉朵手中的锅铲掉在地上，惊心动魄一声响。妈在客厅问，朵，是不是油溅在手上了？简单点弄，压压肚子就行了。

秦玉朵咽了咽口水，尽量把语气修饰得平和点，说，没事妈，很简单，没几个菜。秦玉朵一甩胳膊挣脱了南翔，却忽然觉得委屈，弯腰捡锅铲时，泪水夺眶而出。南翔出去了，不一会儿，书房的门就发出“嘭”的一声响。妈的声音又从客厅里传来，朵，没事吧？妈的敏感令秦玉朵心慌又心烦，说，看你的电视，瞎操什么心。

快十一点钟了，秦玉朵招呼妈吃饭。妈一手护着肋骨处的疼痛，一手护着墙，一步步挪到餐厅，看着餐桌上的菜，说，做这么多干什么？妈又不是外人。秦玉朵说，都是现成的，吃吧。妈骨折的那只手是正手，反手用筷不习惯，几次都将饭菜扒到了地板上。秦玉朵的眉间皱了一下，有一些嫌弃，但没表露在脸上。她将筷子噙在嘴里，静静地看妈艰难地夹一片牛肉，牛肉终于被筷子捅穿了，挂在筷子上，但提起来时还是掉在了盘里。秦玉朵忽然格格笑起来。妈有些恼怒，不再夹菜，光扒饭。秦玉朵忍住笑，给妈夹了一大箸牛肉、一大箸牛肝菌、一大箸芦笋。妈生气了，说，够了。妈跟自己的反手较着劲，反手跟手里的筷子较着劲，脾气也出来了。秦玉朵的视线从妈的筷子上移到了妈的脸上，妈的脸已经干了，早年时的水润和红晕都不复存在，眼皮也耷拉了下来，那双凤一样的眼睛如今成了三角状，头发也稀薄，清晰地露出头皮，在五十瓦的灯光照射下，时不时跳出的一缕缕白发有些触目惊心。爸去世后，她也离开了妈，守着孤灯的妈还不到六十，却有了些风烛残年的光景。

秦玉朵感觉自己的心肠被揪了一下。她将妈的饭碗端了过来，将妈手里的筷子接了过来，她开始给妈喂饭。秦玉朵没有多少耐心，手上的力道不温柔。看，汤滴下来了，饭洒了，你漏嘴巴吗？秦玉朵时不时以半开玩笑的口吻数落妈。她把妈当成了佳佳。饭总算是在这种别扭但多少又含有些温情的氛围中吃完了。咽下最后一口饭，妈如释重负地吐了一口气。秦玉朵说，喂您吃，还心里不痛快？妈抹抹嘴，笑笑说，痛快，姑娘给我喂饭，怎么不痛快。秦玉朵也对妈笑了笑。

吃了云南白药后，妈就要歇息。秦玉朵领妈去房里的时候，妈抬头朝房子四处看了看，说，你们又换房了？秦玉朵说，没，重新装了一下。妈说，我看这房的格局都变了，比以前还宽敞些了。妈似乎有些好奇，秦玉朵便带妈参观这房子。

这房子算是公公南伯达的产业，有一百八十平米，六房三厅两阳台三卫生间，两年前公公患癌死后，这房子就落在了婆婆冯岚的名下。公公去世前每晚疼痛的叫喊给这个房子留下了阴影，婆婆曾想过出售，但大房子不好卖，买主砍价像砍白菜，婆婆又不乐意，那就干脆重新装一次。装修花了近七十万，是把所有的墙砸掉后，请名设计师设计了后才开工的，装修了大半年，房子整的富丽堂皇。秦玉朵一一指给妈看，这是客人的卫生间，这是保姆房。当然现在叫杂物间更为合适些，但公公在世时保姆房还是名副其实的，生下佳佳头三个月保姆房也曾开过张。上了几步台阶，秦玉朵说，这是婴儿房，这摇篮是佳佳姑姑送的，要万把块呢。妈看一处就啧啧嘴，妈说，你是一脚踏进了皇宫里。往前是婆婆的房，秦玉朵打算把妈安排在这个房里睡，反正婆婆不在，因为婆婆住的房是个套房，里面不仅有卫生间，还有一个小会客厅，小客厅的墙上挂着四十英寸的液晶电视，墙角还有小冰箱，客厅连着一个小阳台，阳台上搁着一台小天鹅洗衣机，住在里面不出房门也能把一天甚至好几天度过去。现在给妈住，妈日常起居就方便些。可是秦玉朵在拧门把手时，却发现怎么也扭不动，就知道门被婆婆锁了。这锁就是婆婆的态度，她在防着她、不接纳她，她跟她一直就是楚河汉界，她跟她的关系就跟这门一样，敲一下硬邦邦的。

秦玉朵只得把妈安排在客房里，客房没有卫生间，上厕所就是个问题，得穿过走廊，下几步台阶。紧邻的主卧倒是有个大大的卫生间，妈很方便，但妈方便了，她跟南翔又不方便。秦玉朵从杂物间给妈拿来个痰盂，给妈解小溲用，大的就去主卧用他们的马桶。妈没有任何反对意见。妈的疼痛无法使她睡下去，秦玉朵便找出几床冬被撑在妈的背后。把妈安顿好后，秦玉朵说，姓冯的给您的礼物呢，我看看。妈说，在客厅的沙发上，你去看。秦玉朵就去客厅看礼物去了，果真是件衣服，秦玉朵从领口处掏出吊牌来，上面标价是四千多，秦玉朵将衣服掸开一看，觉得眼熟，是前年有人送婆婆的，婆婆嫌不好，一直没穿，现在她把它翻出来做人情，哄一乡下老太太。秦玉朵从鼻子里哼了一声。

秦玉朵将客厅里所有的灯都打开，她躺在沙发上看这房里明亮的摆设。当时过户的时候，婆婆假模假样地问了南翔，这房子以后都是你的，干脆直接过户到你名下，省得将来过户又多出一道钱。南翔一口拒绝了，说，这房子是爸留给您的，还是过户您吧，以后的事以后再说。婆婆又问秦玉朵，你没什么想法吧？秦玉朵努力地在脸上挣出一丝笑来，说，没什么想法。婆婆次日里就笑嘻嘻地到房产局办手续去了，而秦玉朵则以南翔将臭袜子塞沙发里为由跟他大吵了一架，在那一架中，公公的一对清代官窑青花罐在秦玉朵手上壮烈牺牲，当然，秦玉朵也用脸颊上红彤彤的巴掌印祭奠了这一地碎瓷。

那一仗后，秦玉朵迅速对自己做出反省。她在这个家里的力量太薄弱了。当只手遮天的公公永远地活在了他们的心中后，她想趁婆婆哀痛之际，在这个家里化为鲲鹏，抟扶摇而上九千里，一统河山。但是，婆婆却化悲痛为力量，策反了她的枕边人，把南翔从她的战壕里拉到了她的麾下——在房子问题上成了同谋。南翔的背叛令秦玉朵无比愤怒，可是愤怒在这个家里没有任何用。她次日里强装笑颜，在衣帽间的镜子前温柔地给南翔系领带，调皮地把领带梭进他的脖子里，差点把他憋过气去，他咳嗽，她就明媚地格格笑，他回来，她给他递拖鞋，接公文包，晚上主动去书房纠缠他，她在床上也舍得做，摆出各种姿势，跟当初为了登进这个门一样，情绪非常高涨，如此勤巴苦做的结果，就是一年后她生下了佳佳。怀胎怀到肚子大时，婆婆还是宝贝了她一段时间的，托女儿在香港订购了一只路易威登的坤包、古奇限量版的太阳镜、欧米茄镶钻腕表，真的是一掷千金。婆婆的低姿态让她有了扬眉吐气的快感，翻身农奴把歌唱，乐得找不到北了，眼睛都挪到了额头上。但佳佳生下来后，婆婆的姿态又高傲起来，并且比以往更加不把她放眼里。

回到厨房去收拾残羹，她觉得那些菜无论是从品相上还是从质地上看都很无辜，不该丢进垃圾桶，便用保鲜膜覆盖了，一一捡在了冰箱里。关上冰箱门的刹那，她在心里嘲讽自己，到底是穷门小户出来的，还是改不掉这勤俭节约的小家子气，这是穷日子在她身上烙下的证据。但是，那两碗泡面她还是有格有调地给扔了。

4

次日里，秦玉朵还没等上班的闹钟响，就起床了。镜子里照照，两眼睛下面一圈黑的，南翔一晚上没进卧房，她还是睡得不踏实。他一贯小心眼，好冷战，夫妻俩的别扭，她怕妈看出些端倪。妈多心，会觉得是自己打扰的缘故，另外她怕妈发觉她的日子过得不好。路过书房时，她想进去跟他讲个话，但还是忍住了，不能太惯肆他。

推开妈的房门，妈早就醒了，两眼直瞪瞪盯着天花板。秦玉朵说，饭菜都在冰箱里，早上和中午您自己热着吃，晚上回来我给您做。换洗的衣服丢洗衣机里，我回来洗。妈似乎不乐意这样的安排，脸上一副木然的表情。这令秦玉朵既生愧疚又生厌烦。跟骨折的妈待了才一天一夜，她已经觉得妈是个负担了。心理上的负担、精神上的负担、情绪上的负担还有经济上的负担，妈在这里的开销，肯定全部都是她的，他不会帮她承担，至少不会主动承担。他们对她用钱贴娘家是反感的，除了逢年过节，一般给妈钱都是秦玉朵悄悄给的。妈哪里知道她的难处。

才走出小区门，秦玉朵的屁股后面就响了两声车喇叭。是南翔的车。秦玉朵扭头看时，南翔从车窗里扔出一串东西，叮当一响落在她脚下。是她的钥匙，忘带了。他便以如此不客气的方式提醒她。不知从什么时候，他给她东西不再是给或者递，而是扔、甩甚至是砸。给的和递的会落在她手上，扔的和砸的就会落在地上，她得弯腰，才能到手上。以前，弯腰捡他扔来的东西，她只是生气，觉得他脾气大，但今天，她在这青天白日中，在朗朗乾坤中，在众目睽睽中，在衣着光鲜的人群来往中，她头一次把弯腰跟脸面跟尊严裹在了一起。这样，她就觉出了屈辱。这跟昨晚的两碗泡面都是一样的性质，是轻视，是怠慢。本来是准备捡了钥匙后，跟他嬉皮笑脸一下取和的，等她直起腰后，她却以刻碑刀似的眼光瞪了他一眼，转身就走了，屁股一扭一扭的。

秦玉朵的单位是竹山区环保局，窝藏在区林业局的办公楼里，招牌小鼻子小眼的，环保的环字王旁一横掉了，成了“坏保局”。秦玉朵觉得整个局里就这块招牌还有些格调。终年不见阳光的楼道里有股霉味，这霉味经常与拐角处男厕所的臊味厮混在一起，每次经过，秦玉朵就觉得自己有点不干不净。

她在单位的办公室里任职，见事做事，也做些案头工作，事不重但琐碎又锁脚。这工作也是公公南伯达在世时安排的，跟南翔结婚头一年，她就来这里上班了。当初公公说这个单位只是过渡，既是过渡的单位，她工作的态度也就是过渡的态度，坐着局办公室的椅子当一天和尚撞一天钟，有时候连钟也懒得撞。在单位混了两年，公公撒手人寰。她的渡就再也过不去了，彻底搁浅在了“坏保局”。她从前的懒散令同事特别是几个女同事极不待见。工作环境本来就不好了，又是一自收自支的编制，这个编制就是单位创收多少钱按照一定比例发放工资。竹山区没有多少工厂，不存在治理排污问题，在吃拿卡要这条路上发不了财，完全靠财政拨款来运转，秦玉朵的工资跟财政拨款的事业编差了好几等，福利也比人家少，就是这，那些全额拨款编制的人还觉得她揩了他们的油水，占了他们的便宜，恨不得立刻轰她走才好。局里几个聘用人员都比她好，人家有些待遇还能抱成团了去争取，她一孤家寡人，上不着天，下不着地，她觉得她就是汉堡包靠近肉的那一层面皮，是素的命，却又沾了些油气。

好在环保局也算是清闲，这些年，城市建设速度如动车，竹山区作为老商业区更是一马当先，一个接一个的建筑工地上，机器的轰鸣日以继夜，反映到局里就是几部噪音扰民投诉电话一天二十四小时铃声不间断。不过打了也白打，局里没那么多人力去治理，再说了，要实现又快又好的发展，不闹出点动静行吗。治理了噪音和污染，工程的进度还要不要了，经济的腾飞还飞不飞了。你见过胳膊拧过大腿的吗？萝卜快了不洗泥，为了 GDP，他们局很配合地睁只眼闭只眼。

进办公室时，被局长叫住了，随手给她个文件夹，叫她今明两天赶一份上半年的工作总结和下半年的工作计划。这是块骨头，以前一向是局里笔杆子王小山啃的，他们办公室负责提供数据和资料，现在这一担让她一肩挑，且这么急的材料让一生手来做，明显是为难。以前老局长在，顾及南伯达的情分，对秦玉朵的政策有些宽松，这种吃亏不讨好的活儿一般不会派给她，现在秦玉朵明显感觉到局势紧张了。当她手拿着文件夹回到办公室拉开椅子坐定后，发现朝夕相处的同事们脸上都露出得意之色。单位里这些人的心思秦玉朵清楚得很，当面看都是人，背地里全是鬼，个个手里都握着长袖，善舞。让自己写这份材料一定是办公室的人在新局长面前提议的，他们都等着看自己在新领导面前露破绽，自己揭发自己的工作能力。

老张问秦玉朵，小秦怎么了，才上班情绪就不高，这一天怎么熬啊？

秦玉朵拍了拍桌上蓝色的文件夹说，王小山的活儿今儿个就派给我了。

老张笑笑说，好啊，这是重用你，年轻人身上不多压压担子，这潜能就激发不出来。

秦玉朵在心里冷冷一笑，才到中年就秃顶大肚子的老张真是站着说话不腰疼。一个苟延残喘像摆设的单位，员工干死跟不干照样不少拿一分钱的单位，还厚颜无耻地谈激发潜能，激发潜能靠压担子？这样的体制本来就是滋养平庸的。越平庸越能在这个单位里如鱼得水，做个木偶人，只要甘于任人摆布，就前途似锦了。秦玉朵这四年修炼了这种木偶功夫，无论是心机还是能力，她都有了木偶的特征。喜怒不形于色算是木偶的基本功。

写材料注定得加班，得熬夜。秦玉朵再不愿加班再不愿熬夜，她也得加也得熬，她不能让他们看她的笑话。这些年庇护她的东西一点点从她身上撤走了，爱情——死在了婚姻的坟墓里；婚姻——正慢慢走向泥泞之中，保不齐哪天就沦陷了；工作——这自收自支的编制怕是解决不了了；还有容貌，近年来她的容颜和身材都在走下坡路，再也不是当年一见倾城二见倾国三见倾心了，发个嗲，就有很多人为她披荆斩棘。她现在必须从自己身上寻找力量。

可加班的话，妈的晚餐怎么办？冰箱里的饭菜只够早中两顿的。秦玉朵将手里的滑盖手机，推上去了又滑下来，滑下来了又推上去。本不想向南翔低头的，可是没办法，电话响了很久，蔡琴《张三的歌》快唱完了，南翔不耐烦的“喂”才从电话那头传来。秦玉朵说，我今晚加班，我妈的晚饭你帮我照顾一下。南翔说，不凑巧，我今天也加班。秦玉朵说，你离家里近一些，又有车，在外面饭馆随便炒一个菜端上去就行，不耽误你加班，爱加多久加多久。那头沉默了一会儿，说，行吧。秦玉朵说，谢谢！挂了电话，秦玉朵趴栏杆上闷了半晌，脑子里还是南翔手机彩铃的旋律“忘掉痛苦忘掉那悲伤，我们启程一起去流浪，虽然没有华厦美衣裳，但心里充满着希望……”秦玉朵心里纠结着虽然没有华厦美衣裳，但心里充满着希望这两句歌词，一时心里涌进些凉意。

在电脑前坐定，她开始整理一些资料，也顺便整理一下思路，虽然没有写过这东西，但四年办公室办事员做下来，多少还是有点谱。她将王小山往年写的半年总结从电脑里翻出来，将今年的新提法加上去，新的数据和资料一一对号入座。两个小时后，架子总算搭好了。这时她听见办公楼铁栅栏的门推开了，铁把手落下时发出尖锐的响动，接着是重重的皮鞋上楼的声音，一步步朝他们的办公区逼近，好像顶头的办公室的门吱呀响了一下，那是局长办公室。是贼？秦玉朵还想听听动静来着，自己办公室的门就被敲响了，是局长的声音，他问，怎么办公室里还有人啊？谁啊？

秦玉朵赶紧把门开开，首先闻到的是一股酒气。局长手里握着一串车钥匙，麻着舌头问，你在办公室干什么？不回家？

秦玉朵说，加班，您早上布置的半年工作总结。

局长呵呵一笑，说，那点小东西还值得加班，还加这么晚？

秦玉朵从这话里听到了一丝丝讽刺，便没作声。局长又说，你是小秦吧，工作态度还可以。

秦玉朵问道，您怎么这晚了还来单位？

局长说，晚上在这附近有个饭局，车停在办公楼下面，车钥匙却落办公室里了。他将车钥匙按了按，下面一辆银白色轿车的车灯闪烁起来。局长转身离去，猛地他回头问道，你以为我故意的？嘻嘻。

秦玉朵的脸顿时发起烫来。连连说，不是那个意思，不是那个意思。

局长说，没来这个局之前，我就听说这个单位的人都精得像兔子，特别是女同志。

局长手抬起一根手指指着秦玉朵说，你——头号兔子。

秦玉朵蓦地一笑。这一笑，却让局长身子僵住了，眼睛也直了。秦玉朵心里暗叫不妙，便赶紧回到电脑前坐直身子，指头在键盘上敲得噼里啪啦。但局长还是追过来了，他从后面一把抱住了她。秦玉朵的手在键盘上顿时定住。秦玉朵说，局长，您喝多了。局长说，没喝多，你是小秦，小兔子。

局长的手在秦玉朵的身上动作起来，鼻子和嘴如狗般在秦玉朵的耳朵和脖颈处嗅来嗅去，那酒气在局长嘴里发酵，有些臭。秦玉朵强忍着。这事搁两年前，秦玉朵会贞节烈女般的反抗，会给他两巴掌，会愤怒，会跳脚，但现在她不会了，这个社会让她懂得“失节事小，饿死事大”，她不能为了装逼，把饭碗丢掉，在这种一人说了算的体制单位里，民主是只摆设，得罪了最高领导，是很要命的。在局长得寸进尺，进一步开展工作时，她将局长的手从她的内衣里拿出来，她笑着说，局长，我身上来了。

局长哦了一声，依依不舍地站直了身子。局长说，你在家好好休息两天，你妈妈骨折了，你接她过来，多陪陪老人家。

谢谢局长。

我送你回家吧，不要加班了，弄不来，叫老王弄，这本来就是他的事。这总结不急。

不，我能弄，我保证把它弄好。两天后上班，我交给您。秦玉朵急急地说。

局长顿了顿，说，好吧。走时，局长的手在秦玉朵的肩上拍了拍。

等楼下那辆车发动引擎开走后，秦玉朵忽然有种强烈的恶心之感，她真的干呕起来，呕出两行热泪。

5

次日早上，秦玉朵将煮好的肉丝面端到妈的房里，一张懒人桌摆在床上，权当妈的餐桌。妈用反手吃力地挑动面条，艰难地挪向嘴里。秦玉朵问妈今天身体感觉怎么样？妈说疼，比刚来时还疼些，睡不得。秦玉朵又问妈昨晚上南翔给她端什么吃的。妈说，他昨晚到七点多了才端来一碗牛肉面，红油汪汪的一层尖椒皮，他走后，我就倒了。秦玉朵说，那你昨晚等于没吃？妈说，没吃。秦玉朵的心顿时像扎了一下。妈居然在这里饿肚子。她在心里用南翔母亲的下体辱骂南翔，无论什么事一丁点不交代，就出岔子，自己从来不想事，妈做他丈母娘四年了，是不沾辣的人，他难道不知道？没心没肺的王八蛋，出门就该被车撞死，身首异处。后面那句很恶毒，当然针对的不是红油辣子的牛肉面，而是他昨晚一夜未归，到现在还没个解释。

妈问，你昨晚几点回来的？南翔说你加班？南翔也加班，你们两口子一个比一个忙。妈对他们有些不满。

秦玉朵瞪了妈一眼，说，家里这么大个排场，不多赚钱怎么转得开。

妈的眼睛朝这屋子扫了扫，浅黄色的磨砂壁纸使这个房间有种说不出的清爽。妈笑了笑，妈说，要是你婆婆和佳佳在就好，你们上班去了，我还有个说话的伴。

秦玉朵不接这茬。

这时手机响了，显示的是"姓南的"。秦玉朵握着电话像握着一枚手榴弹急急走出房间，带着要发作的迫切，走向客厅旁边的阳台，并把双层玻璃的推拉门关得严丝合缝。秦玉朵狠命按下接听键。

昨晚陪几个从上面来的人，喝多了，我在办公室睡的。

秦玉朵在心里冷冷地笑，阴阳怪气地问，就只上面来人了？

下面也来了，来了一妹子，你满意了？

秦玉朵爆炸了，你还别跟我来这套，我告诉你姓南的，你最好手脚给我弄干净点，千万别让我逮住什么，你们平常欺负我也就罢了，但不要欺人太甚，真把我逼急了，大家都没好日子过。

“姓南的”在那头也叫嚣起来，泼妇，泼妇，操你娘的泼妇，我妈说你真没说错，你就是农夫与蛇里的那条蛇，把你焐热了，你就咬人了。

你把我焐热了？秦玉朵夸张地打着哈哈，眼角流出一串泪来，你把我焐热了？真不要脸，这屋里是有套房子写我的名了，还是给我存一小金库了？我的工作到现在你都不愿去跑，还好意思说焐热，既拿我当外人，提防着我，就别把头包在裤子里在我这里充好人，我秦某人不领这情。

姓秦的，我受不了你了，你给我滚！接着电话死寂一片。

秦玉朵靠在推拉门上，忽然感到乏力，顺着玻璃一寸寸往下滑，忽地跌坐在地上。气愤在胸间堆积成块垒，每一次与姓南的吵完架后，她就感觉双肋隐隐作胀。上半年体检，医生在她的双乳中摸出包块，是严重的乳腺增生，这病最忌情绪不畅。这胀痛令秦玉朵对自己感到灰心。她真想回拨过去冲他歇斯底里地大吼大叫，或者冲进屋里寻几件不值钱的赝品瓷器出气，但是，妈在客房里坐着，她得收敛，得克制，得在心上插一把刀，忍。秦玉朵就着阳台上洗衣盆的水龙头洗了把脸，平静地走进房里。秦玉朵拿走懒人桌上的空碗，说，我给你倒水吃药。妈说，你哭了？秦玉朵一震，继而十分恼火，没好气地说，神经，好好的，哭什么？

出了门，一串不争气的眼泪又流了出来。

想到妈说骨折处疼，秦玉朵还是不放心，便带妈去医院重新拍了片，医生说骨头没接上要重新固定，最好是用钢制的支架固定，而且还要消炎。医生说，支架有七百的和三千的，看要哪一种？秦玉朵问，有什么区别？医生画桃符般开着处方，头也不抬说，便宜的固定效果肯定差些，贵的肯定要好些，保险些。秦玉朵想选七百的，都是钢制的，再差能差哪去，不会比木制的甲板软吧，但是妈的眼睛看着她，这让她在七百和三千之间感到为难。她大早上还让妈猜她身上这件衣服多少钱，妈往死里猜说一千，秦玉朵鼻子一哼，说，五千。又让妈猜她的包包多少钱？妈洪亮地说，五千。秦玉朵鼻子又一哼，说，一万。一身行头加起来近四万块的女儿舍不得跟妈选个好支架，这让妈多难受，她也替妈难受。

秦玉朵咬咬牙说，那就三千的。

医生顿时满脸堆笑跟妈说，大妈，您好福气，有个这么孝顺的女儿。妈谦虚地笑，对秦玉朵说，别弄那么贵的，七百的也一样，这个又不是管终身，划不来。秦玉朵说，您就别管了，就三千。

固定回来后，秦玉朵又在小区旁的私人诊所请了位护士给妈在家里输消炎液。针刚扎进妈的手臂里，南翔就下班回来了，看见客房里这情形，毫不客气地将眉头皱了一下，公文包放在书桌上，“咚”的一声重响。秦玉朵怕他做出过分的举动，便赶紧来到书房。

南翔说，把个好好的家弄得像个医院，要输液到医院去输。秦玉朵说，以前爸病了不也是在家里输液的么？南翔说，你妈能跟我爸比吗？秦玉朵关上门，大声反驳道，怎么就不能比了？都是你的老人。南翔不再作声，将秦玉朵一把扒开，说，行吧，这家里你爱怎么折腾就这么折腾。今晚我睡书房。

秦玉朵在边上站了一会儿，她努力将心里不断翻滚上来的怒火压了又压。她知道这个家是人家的，她们娘俩现在人家的屋檐下，她怎能不摧眉折腰事权贵。她得预防他对她说下一个“滚”字，或者说那个字的时候看一下场合，不要让妈听见。她得望求他在妈面前出演好女婿这一角色。

秦玉朵问，晚上你吃什么？

南翔说，随便。

秦玉朵还是做了南翔最爱吃的水煮肉片和炒鳝丁，用的是红红的朝天椒爆出来的，做的时候，秦玉朵在锅边一连打了好几个喷嚏。开饭时，妈把桌上的菜瞟了一眼，在捡筷子时，脸上有一丝不悦的神情，妈能吃的菜只有炒白菜和土豆肉丝。妈做出这样的脸色，令秦玉朵有些生气。犹如布局，她还没有能力把每个人都摆在舒服的位置上。她是在讨好他，妈怎能不懂这心机？

南翔也并没有给秦玉朵多大的面子，只吃了一小半碗饭，水煮肉片和炒鳝丁也就夹了两筷子，还是象征性的。吃完后，碗一丢就扎进了书房。妈点着菜盘说，你看费了半天劲，他不吃。秦玉朵吼道，他不吃，我吃。秦玉朵静静地咀嚼口里的饭菜，心里伸出剪刀，修剪自己即将绽放的各种怨恨与脾气，咔嚓咔嚓，她觉得自己五脏六腑都要碎了。忍也是一种功夫，须修炼才能达到上乘。

陪妈在房里看了几集张国立演的《金婚》，还没等电视剧放完，妈就困意沉沉。秦玉朵转到书房，把手拧不开，反锁了，秦玉朵又重重地拧了几下，南翔把门打开，秦玉朵撇见南翔的笔记本电脑接着移动硬盘，便冷笑了一下。南翔的移动硬盘有十二G，里面大多是以苍井空老师为代表的爱情动作片，每个文件夹都进行了标注。但此刻南翔的电脑桌面是蓝天白云。秦玉朵问，你在书房干什么？南翔说，要你管？秦玉朵按住电脑鼠标将隐藏在后台的两个播放器点开，苍老师和她的多位男助理正进行激烈的交锋。南翔有些火，将秦玉朵往外面推。秦玉朵霸着门框，说，躲什么？我陪你一起看。

南翔松了手，说，不要脸。

秦玉朵索性不要脸地笑了笑，说，走啊，上床。

南翔一时间紧绷的情绪松懈了下来，将电脑一合，搂着秦玉朵出了书房门。秦玉朵挽着他的手臂来到妈的房里，说，妈，我们睡了啊。妈睁眼看了看，说，睡吧。南翔说，您晚上睡觉的时候，空调温度可以打高点，免得着凉。妈热情地回应，连连说，哎哎，你们快去睡吧。

那一夜，秦玉朵使出浑身解数，前前后后，左左右右，上上下下，曲意迎合，最后，南翔叫了，烂泥一样摊在秦玉朵的身上。半晌，秦玉朵说，喂，我的编制就永远这么自收自支下去么，你去跑跑看，当年用爸挑担子的那个人现在都是副市长了，搞我这点事还不分分钟。

南翔似在半梦半醒之间，口齿含糊，说，行，以后再说吧，不急。

秦玉朵一把推开他，说，不急，不急，再不急黄花菜都凉了。

秦玉朵等着南翔的回话，可不一会儿，南翔却用均匀的鼾声回复了她。秦玉朵忽然感到无趣，人生比身上的蕾丝睡衣还轻薄，而且还羞耻，巨大的羞耻，是这沉沉黑夜都掩盖不了的羞耻。是什么时候起，她跟他之前谈点事，或者有求于他的时候，需要用性事来铺垫。很多时候，她自己都觉得自己就是个婊子，今晚更是如此。

不过，还是有改变。连着一个月，南翔上面再没来过人，他每天按时回家，能坐在餐桌旁陪他们母女俩吃晚饭，边吃边讲他妈跟佳佳在香港游玩的情况。说深圳有几个京剧票房听说她来了，给她组织了几场活动。冯老师现正忙着四处走穴，还收了几个徒弟，都是腰缠万贯的老板，把冯老师美得不行了，每天穿红着绿的，还与女儿抢胭脂水粉。京剧冷清，冯老师刚步入中年，团里就要求她给年轻演员让舞台，嗜戏如命的她只能在票房里过过瘾，现在有人捧着，怕是一时半会不会回来。吃完饭后，南翔也不再钻书房，而是在沙发上看电视。临近端午时，南翔还在秦玉朵的枕头底下压了张五千块的王府井百货购物卡。秦玉朵颇感安慰，盘算到时候妈养好伤后，带她到商场买几件衣服，真凭实据地向妈展露她的好日子，让妈宽心，也让妈回去后在乡邻面前说道说道。

秦玉朵的心性陡然轻松下来，不再眼观六路耳听八方地视察局势，不再用心良苦地刻意去讨好谁，双肋间顺畅了不少，月经来潮前乳房不再胀痛。她现在只盼着三个月快点过去，那样，妈的伤就养得差不多了，把妈漂漂亮亮地送回老家后，她一个人在这个家里，日子就宽展了，毕竟在这个家生活了这么多年，眉高眼低也学了一些，这个家里的一些生活禁忌都知道，不会轻易惹那一个人不高兴。她一个人凭空受点委屈，有时受了也就受了，受不了也可以在家摔摔打打一番，但妈在这里就不一样，南翔做一个脸色，对她大声言语一句两句，她就会把心揪起来，会敏感地朝妈的脸上探望一番，她怕妈看出她在这个家里卑微的地位，她给妈看的是，她在这个富丽堂皇的家里是说一不二的，是事事能做主的，而妈一直也是这么看的，她不能让妈看出一点半点破绽。

南翔背着妈也会对秦玉朵传递对妈的一些看法，毕竟朝夕相处，妈的身上有很多他看不惯甚至无法接受的行为。比方南翔看不得妈吃饭时擤鼻涕，擤了不找纸擦直接朝椅子上抹；比方妈添饭时饭瓢喜欢在锅里敲，敲得梆梆响；比方妈倒杯开水喜欢直接搁桌上，而不隔块杯垫；还有妈洗完澡不换干拖鞋，踩着湿拖鞋在木地板上啪叽啪叽地走，弄得到处都是水；比方妈在他们房中的马桶上方便后，总是忘记盖马桶盖。南翔的这些意见，秦玉朵要委婉地一一传达给妈，在妈面前不能供出南翔，这些生活的细节不是南翔看不惯，是女儿我看不惯。既然是女儿看不惯，妈在听时就不以为然，话语上还露着棱角，说，你们家规矩真是多，这也不行那也不行，走个路都怕脏了地板，妈只有把脚背背上走。秦玉朵说，这都是实木地板呢，好几百一平米，这地板怕水，时间长了，会变形，换又得要钱，我们家钱又不是大水流来的。

妈撇着嘴笑，说，真是富人多小气。

这些小细节，也不是说一遍就能改正的，多年的习惯养成的自然顺手就做了，当时自己初进这个家门，他们所谓的乡里毛病她也是别了一两年才别过来。秦玉朵便时时提醒着，言语随心情，有时候好有时不好。妈有时也跟秦玉朵闹别扭，将一脸的不高兴光明正大地摆给秦玉朵看。妈说，在你这个家里真像坐牢，这那里是享福，这是活受罪。

秦玉朵晚上也跟南翔说，说妈的一些小习惯，你别那么较真，她又不是长期跟我们生活在一块，忍忍，她走了就好了。南翔说，真是刺人。

6

自从秦玉朵写了那次半年总结后，新局长对她是关爱有加，首先是在全局的大会上表扬了她，说她年纪轻轻做事认真，工作能力也强，要重点培养。以前老局长任上，虽说对她政策宽松，但从未对她的工作能力加以评价，现在受到这般推崇，还重点培养，这有点无所适从，脸上火辣辣的。同事们当面背面都称她为红人集团的。她自己心里清楚，新局长对她青睐有加是有原由的，这吹捧里可能含有别的企图，她哪里敢真心受用。

周五快下班时，秦玉朵接到短消息，今天晚点下班，在你办公室等我，有事。郑勇。是局长的。秦玉朵看完短信，心一下子乱了。他跟她之间能有什么事，还需要避开同事们晚点下班？秦玉朵握着手机像握着一块烙铁，一颗心在脏腑内活蹦乱跳，她有种人为刀俎我为鱼肉的预感，她觉得自己即将要被局长染指了。自那次加班事件后，秦玉朵一直就隐隐担忧，在局里她尽量避着他，避着跟他见面，避着与他说话，开会时，避着他的眼神，但该来的还是会来的。

下午三点，办公室的同事们都开始收拾东西准备下班了。老张问她，小秦还不走?

秦玉朵说，我这里还有份表格没填，弄完了就走。

老张说，我发现郑局长上任后，你像变了个人似的。

秦玉朵叹口气说，今夕不同往日，再不变，你们一个个都要把我吃了。

这话听起来，没藏着没掖着，既坦诚又亮堂。老张呵呵一笑，说，谁敢吃你?我有这个心也没这个胆啊。秦玉朵意识到“吃”这个字寓意也很丰富，便没搭腔，冲老张客气地笑笑，便煞有介事地盯着电脑。

办公楼终于安静下来了。从高层建筑的夹缝中穿进来的斜阳投到走廊外，又顺着玻璃泄进办公室里，光线陡然增亮，秦玉朵忽然一阵心跳，一时坐立不安。她打开资料柜，这排柜子被他们办公室的几个人分作了各自的储物柜。秦玉朵把一些吃的穿的用的都放在了里面。她从里翻出一条酒红色的丝巾，缠绕在脖子上，这样身上这件灰色的针织衫就不显得沉闷单调，然后找出一瓶巴宝莉的香水，擦在耳朵背后。擦完，才想起这是好友白雅送给她的，她递给她时还一脸坏笑，说，这香水，最适合约会时擦。因这，她才把这瓶香扔在了办公室。她哪有什么会可约?香味从耳后散发出来，弥漫在空气里，是甜甜的铃兰花香味，含着春天也含着性感甚至含着欲望。秦玉朵后悔不该用此香。

五点钟，南翔打来电话，说加班，下周区政府要举办大型会议，他是会务组的，要赶资料。秦玉朵说知道了。挂完电话，她想到了妈，她不能等太久，她得回家给妈做饭。而且她觉得这种等待像一种陷阱，里面长满了绳索，是要将她束缚和生擒的，她不能中此埋伏。这样想，她便来到局长办公室前，她要推辞他跟她之间的事，她得跟他说她要回家伺候妈。但在举手敲门时，她脑子里猛然想起局长办公室是套房，里面套着一个小卧室，卧室里有床，床虽小，但是关上门拉上帘还是可以让一对孤男寡女干出点事来的。如果，如果局长跟她的事要涉及床的话，那她岂不是自投罗网？她赶紧蹑手蹑脚地退回到办公室，办公室里有张皮沙发，这也令秦玉朵感到惶恐，如果局长来敲她的门，顺势往沙发上一坐，久了，时间跟情绪都会随着深陷进去。她慌忙将办公桌上的几个文件夹挪到沙发上，裁纸刀和装订机都一起挪过去，让沙发上没有安臀之地。

他跟她的事，他只能站着跟她说。

六点了，走廊外的那抹斜阳似阳痿了似的，耷拉到顶头的那根廊柱上了。郑勇还没有音讯。她有点按捺不住，翻出郑局长的号码，刚按下，门就被推开了，是郑局长，他穿着一件淡蓝色T恤，白色休闲裤，腰间一条咖色皮带，没有肚子（对置身官场且人到中年却没有肚子的男人，秦玉朵是很欣赏的），脚上是咖色皮凉鞋，灰色的袜子从镂空的皮面上点点滴滴跳跃出来，近一米八的身高挡住了门外大片的光线。这魁梧令人生出些羞涩，秦玉朵心内一时如飞进只燕子，左冲右突的。

郑局长说，你还没走？我以为你走了呢？我才从区政府开完会回来。

秦玉朵绷着的心一下就松了，她背上如长了芒般熬到这个时辰，他好像没当回事。秦玉朵说，您不是让我等着的吗？你有事吗？要没事的话，我就先走了，我要回去给我妈做饭。

这时，郑局长的电话响了，郑局长对秦玉朵做了个暂停的手势，然后伸出纤长的食指往手机上一划，里面便测漏出一声很清脆的“喂”。秦玉朵敏锐地听出是个女的，年龄在四十岁左右，善解风情，可能对郑局长有那么点意思。秦玉朵在心里给郑和那声“喂”编故事。

打完了。郑局长说，是市编办的萧主任。上次帮了她一个小忙，她非要请我吃饭。又说，你还没吃饭吧，走，我们先去吃饭，完后给你妈妈打包回去。走吧。

郑勇在她耳边丢下句“市编办”，这三个字像石子样沉在了秦玉朵的心底。他认识市编办的萧主任，而且看上去关系好像很随便，到了要非请吃饭的地步了。她不知道他为什么要向她作此说明，是解释还是澄清？可秦玉朵觉得像是诱饵，挂在钓绳上的诱饵。他一定知道她是局里唯一一个自收自支的编，他一定知道她在这种夹缝中生存的艰难。他对她一定是做足了功课的。秦玉朵想着拒绝，可是脚却跟在了他的身后。想到自己下午千方百计折腾那张沙发，不觉感到些可笑。

楼梯口有一丝风吹来，带着淡淡的西橙味和松木味。原来郑局长也用了香。他上任近两个月，她从没发现他有这个讲究，今天他居然用香了。秦玉朵心里便稍稍自在了些。在车旁，秦玉朵正犹豫是坐前面还是坐后面，局长已经把副驾驶的门打开了，还朝她扬扬头，说，下了班就不要把我当局长，把我当哥。秦玉朵知道局长比她大一轮，今年四十，当哥是当得起的。

车驶出竹山区后，两人无端轻松起来。车载音乐打开，是汪峰的《春天里》，郑勇的手指在方向盘上随着节奏敲打着，在高潮部分还跟着汪峰一起声嘶力竭：如果有一天，我老无所依，请把我留在那时光里，如果有一天，我悄然离去，请把我埋在春天里。这歌有种悲伤无奈的劲儿，很能触动人心。郑勇的嗓子跟汪峰一样的沙哑、宽厚，像柄埋藏于海沙中的宝剑，虽有锈迹但仍有极强的穿透力。秦玉朵没想到四平八稳的郑局长私下里是一名摇滚男。她对摇滚这种音乐形态充满敬意，她喜欢里面蕴含的梦想、真实、狂野、力量和不羁。她含着笑看着一旁忘我宣泄、忘我呐喊几近疯狂的男人，内心有种感动。

在栽种了一大片芦苇的湖岸边，车“嘎吱”一下停了。秦玉朵的上半身弹出去还没回到座位上，下巴就被一只大手给握住了，接着一条滚烫的舌头强制抵进她的口中，热烈地乌龙搅水。秦玉朵感觉自己的脑子像爆米花一样“嘭”地涨大了。她想推开，可是她的臂力撬不动这种强大，狭促的空间连挣扎和动弹都不够用。他推倒她的座椅，也推倒她，泰山般倒在她的身上，缠绕在脖子上的丝巾被扯下了，针织衫的纽扣被全部拉开。秦玉朵的抵抗是徒劳的，“生活如强奸，如果反抗不了，就享受吧。”这是秦玉朵刹那间想到的一句话，于是她闭上了眼睛。下一曲是汪峰《怒放的生命》，电击乐鼓荡着耳膜：如今我已不感到迷茫，我要我的生命得到解放。我要这怒放的生命，就像飞翔在辽阔天空。这呐喊像是对欲望的怂恿和蛊惑，还有那橙木香和铃兰花的香味都在极力酝酿着苟合的气氛，把她推向他，推向欲罢不能的境地中，慢慢地，她的情绪变得饱满热烈，在歇斯底里的摇滚音乐中，她的喘息和叫喊都被包裹，被吞噬。

车重新发动时，秦玉朵忽然热泪滚滚，继而号啕大哭。她都不知道是为什么，她并不觉得委屈，也不觉得受了欺负，她甚至是很享受的，那种酣畅淋漓和新鲜刺激是她从未有过的，可是她就是有种想哭的冲动，彷徨的、苦闷的、无助的、压抑的情绪一下子包抄过来，将她团团围住，无法抑制的伤感在内心深处翻滚。大声地哭出来，也令她有种透彻的快感，她的人生从来没有像现在这般通透过。

郑勇腾出手来握住她的手，含着怜悯和慈悲。

沉默了一段路程。秦玉朵开口说话了，她问，你爱人呢？

郑勇说，走了三年了。

秦玉朵无法断定走了是离开还是去世。郑勇补充道，死于乳腺癌。秦玉朵便没再作声，在心里为自己的乳房隐隐担忧。

两人在湖边的一家小餐馆吃的饭。郑勇吩咐老板另做一份大骨汤和油炸小鱼小虾打包。郑勇说，你妈妈摔了，这两个菜都很适合，含钙高。秦玉朵冲他笑了笑。感激他的周到与细致。吃饭时，秦玉朵有意将话题朝市编办上引，她问市编办的那个萧主任是男的还是女的？郑勇说是女的。秦玉朵问长得怎么样？郑勇说还行，算美女。秦玉朵问，多大年纪？郑勇说，四十多了吧，四十一还是四十二不清楚。秦玉朵略感轻松，四十岁上的美女再美也能让人放心了。想了一下，秦玉朵又问，你怎么还认识市编办的人？郑勇说，萧珊是我大学同学。秦玉朵说，怪不得你跟她说话那么亲热。

亲热？郑勇笑了一下。说，你好像吃醋了？

秦玉朵含笑白了他一眼，顿觉面前的菜和人都索然无味。周旋了这么半天，他是真不懂她的心思，还是故意跟她弯弯绕。如果不是他有意无意丢下“市编办”三个字，她不会鬼使神差地钻进他的车里，更不会头脑发热地跟他发生关系。她费尽心机地问了这么一通，他竟只能理解到吃醋这一层？虚伪！

秦玉朵放下筷子。郑勇说，吃啊，还有一盘炖猪脚。秦玉朵右手往下巴上一撑，说，没胃口。

郑勇扒了几口饭，嚼着嚼着，忽然扑哧笑了一下。秦玉朵斜着眼睛看着他。他说，你吃饭吧，姑奶奶，你的事我会放心上的。拐那么大一弯，又要面上讨好，又想内里不吃亏，你累不累？

秦玉朵不好意思地笑笑。红烧猪脚上来了，遂捡起筷子往郑勇碗里夹了一筷子。

秦玉朵提着打包盒回到家里，客厅是黑的。走廊有光，是书房透出来的。秦玉朵噔噔噔跑过去，拧开书房门，南翔果然在里面，笔记本电脑旁连接着黑色的移动硬盘。本来还有做贼后心虚的感觉，可看到这个移动硬盘，秦玉朵就宽怀了，就释然了，她很是生气，为他一天到晚的荒淫无度。秦玉朵问，不是今晚加班吗？南翔说，已经九点半了，加班加完了。你怎么到现在才回来。秦玉朵说，我也加班。南翔说，你们那个破单位还加班？秦玉朵说，你有本事把我弄到不破的单位去。南翔便不再接腔。起身扶着秦玉朵的肩膀腆着脸说，睡吧。秦玉朵身体突然僵了一下，不耐烦地说，哎呀。扭头便去敲妈的房门。

妈说，你怎么到现在才回？也不打个电话。

秦玉朵说，加班加晚了。您吃了没？

妈说，等你回来，早饿到奈何桥去了。南翔回来我要他给我在外面炒了一个菜。

秦玉朵说，这次没有放辣椒吧。

妈说，没放，我交代他了。

南翔催促秦玉朵上床睡觉催了几遍，秦玉朵嘴里答应着就来了就来了，但就是不挪步。她盘腿坐在妈的床上与妈聊天，有说有笑的，很大声音。她是故意的，不知怎么，她在心里忽然对他产生了怨恨，作呕的恨，咬牙的恨，不是他对自己的冷漠和懈怠，不是他对自己的轻视和提防，她怎么会失身，怎么会令别的男人有机可乘，她沾染的不洁和因不洁衍生的罪恶都是他赐予的。这个曾许给她光明现在又给她黑暗的男人，这个王八蛋男人。

妈也在催促她，叫她回房去睡。可她如屁股长了根般，一动也不动。妈烦了，索性关了灯，自己睡了。睡前踹了秦玉朵一脚，秦玉朵身子一歪，顺势躺在了妈的怀里。眼泪因了黑暗的遮蔽，大胆地流出，决堤般，无声地，默默地，汹涌地。

7

大约转钟一点，秦玉朵回房了。她刚躺下，南翔就大大地翻了个身，将后背对着她，那后背如一张弓，如果搭上一只箭射来，会命中秦玉朵的咽喉。秦玉朵暗地里打了个寒战，捡起遥控器将空调温度调高了一度。她试着去掰南翔的身体，但南翔把她的手如甩鼻涕一样甩开了。她从这个动作感知到了他对她的厌恶。如果妈不在这，她不会去招惹他，他有后背，我也有后背，这世上的夫妻有几对是脸对脸的，不都是背对背么？可是妈在这，她不能让南翔厌恶她，这个男人冷战起来，可以十天半个月不跟她说话，人家没什么地方可以求到你，除了床上那点事，可你真要不配合，人家也有解决的途经。多少个遭冷落和遭强迫的夜晚，秦玉朵都有种去厨房拿刀砍死他的冲动。死，都死，死了就不用遭这样的折磨，这羞耻的不能言说的折磨。

甩开了，秦玉朵再掰，掰了十次，南翔死尸般的身体才柔和起来。南翔说，你今天约会了？秦玉朵心里一惊，说，没有啊，怎么这么问？南翔说，八百年不见你擦一次香水，今天怎么还擦香水了？秦玉朵说，喔，同事新买了一款香水，往我们身上都洒了，这有什么。完事后，两人重新洗漱了一番。再睡时，南翔说，跟你妈再说一次，上完厕所马桶盖一定要盖上，而且要冲干净。又说，把你妈房里的那个痰盂拿出来扔了，你妈现在能大走大动了，可以上卫生间了，放在房里弄得满屋子都是臭气。秦玉朵不答话，装睡。

她记得公公南伯达患病到最后，区里的特护病房不住，非要住在家里，最后三个月公公倒床，拉屎拉尿都是用痰盂，家里保姆胃浅，一拿痰盂就吐得天翻地覆，人家可以跪着跟你擦地板，用手跟你搓洗臭袜子，你不能因为这一个毛病就辞退人家，辞退了再另请，也不是那么合窝。婆婆虽然是公公的老伴，可人家早年间是角儿，戏台上水袖一甩，也是扶金盆都要侍儿搀扶的贵妃娘娘，落魄了，那架势还在，脏痰盂是断不肯倒的，南翔见痰盂如地雷，恨不得绕出三里地去，更指望不上。在保姆再次呕吐时，秦玉朵将那只痰盂接过来了，那黄澄澄黑糊糊的污秽，她也很恶心，但她生生憋住了。

秦玉朵倒了三个月的痰盂，公公就走了。走的时候，区委书记等区领导都来看望他。公公拉着区委书记的手，指着南翔说，我就这么一个儿子，你要放在眼角里，关照一下。公公托孤似的将儿子托给了区委书记。区委书记很负责任地向公公点了点头。半年后，通过考试和考试背后一系列暗箱操作，南翔脱下蓝衫换上了紫袍，成了区政府机关里的公务员，工资福利奖金翻了三番，还时不时给她们婆媳俩几张千儿八百的购物卡。

这些年来，秦玉朵一直不明白的是，公公为何不将媳妇也一并托付出去，她当时就站在南翔的旁边，她跟他儿子一样都是自收自支的编制，都需要关照。公公如果当初顺带捎上她，区委书记是不会推辞的，凭公公与区委书记的交情。当年区委书记还是区长的时候，挪用区社保资金投资一个工业项目，老百姓不买账，将此事被捅到了市里和省里，为平民愤，上级给予的处分是要罢免区长，南伯达挺身而出将这个担子一肩给挑了。公公说，区长年轻，前途无量，不可让他栽跟头。公公南伯达退休，提早四年结束了自己的政治生命。刚下的头两年，公公在竹山区的地位差不多是太上皇，门庭依然若市，在他这里托关系走后门者络绎不绝，但渐渐地就冷清了。无论怎样淡，这份情总要还的，在官场给人顶罪是多大的一份恩，区委书记不能不思回报，公公虽然退休了，但各项待遇丝毫不减，只是区委书记不再像以前那样将区里大小事情事无巨细地向他汇报，听取他的意见。南伯达有自知之明，也不再向他提任何要求，只死时向他开了这样一个口，就算加上秦玉朵，区委书记也会照办的。可是，公公没有提她。此事，她一直耿耿于怀。

把公公送上山后，南家对她热情了一阵子，婆婆冯岚送了她一对卡地亚钻石耳钉，价值两万多，送了她一套香奈尔全套化妆品，还送了她跟南翔马尔代夫七日游，南翔也有所表示，他在周大福特地订了一条“duoduo”黄金字母项链给她，还给她送了一件貂皮大衣。秦玉朵不知道这些奢侈品是在向她表示倒痰盂的谢意，还是表示托孤将她撇下的歉意。马尔代夫回来后，婆婆在饭桌上提出了房子过户的事情，被南翔礼让了。秦玉朵觉得这是他们母子唱的一出双簧，做的笼子。真是煞费苦心啊。这些事，她都一一忍了，可是如今，他竟忍不下妈的尿臭味儿。这家人过河就拆桥，太跋扈了，太张狂了。

秦玉朵次日里并没有将妈的痰盂拿走，也没跟妈说马桶、鼻涕、敲饭锅、换拖鞋等等一系列南家所谓的陋习。她于上周已经将妈的钢筋支架拆了，妈的骨头长好了，浑身都不疼了，好模好样的妈，健健康康的妈，无病无疾的妈给了秦玉朵一些力量，她知道这样的妈不会在这里待很长时间的，她没必要去纠正随了妈一辈子的习惯。

这些时日来，妈、南翔、郑勇像是三座大山压在秦玉朵的心上，所有的情绪都处在隐忍中。心口堵塞得厉害，就特别想找个人倾诉，可她没有多少朋友，她很奇怪在这个城市读了四年大学上了四年班，却没有多少朋友。同学各奔东西就不谈了，她曾试着跟局里的同事交往，那些财政事业编的都是些老嫂子，心机重城府深，头发长见识短，既不适合跟他们发工作牢骚也不适合拉家长里短。局里聘用的倒是跟自己年龄差不多，她有一段时间跟她们走得很近，一起吃饭一起唱歌，但是有一次她们一起吃路边摊的时候，她皱着眉头夹了一筷子油腻腻的菜薹放嘴巴里，很快又吐出来，说，一股抹布味，亏你们还吃得这么带劲，呸，呸呸。那当下，她瞥见他们面面相觑，她们大抵觉得她评价的不是那盘菜，而是嘲讽了她们的生活水准，她们每个月比她少拿一千六百块钱，她们只能吃路边摊，只能穿廉价衣服，擦劣质香水。他们在局里也是有怨言的，局里的脏活累活他们全干了，但工资却是最少的，见过不公平的，没见过如此畸形的不公平。有编制的就是亲娘养的，老子们就是树木孔里炸的？有编制的连人格也高尚些，老子们就是草上露水，稀烂的社会，稀烂！她们在她面前敲着边鼓，但棒槌却是指向她的。此后，她明显感觉到了聘用人员与她的隔阂，他们有什么活动不再叫她，秦玉朵也就不再去掺和了。刚开始还交了几个小老乡，可自从把这些小老乡带到家里玩过后，这些小老乡也对她敬而远之了，没有一个能在事后主动联系过她。秦玉朵自此才明白，交情也是有阶级的，也要讲门当户对。

要说朋友，也倒有一个，就是白雅。这是生佳佳时在产房里认识的，两人都难产，在同一天剖腹的，且都是生的女儿，所以两人觉得是缘分，就常有往来。白雅嫁了个大学教授，搞石油勘探，手上有项目和经费，是有钱的教授，但白雅发现他在她怀孕时出轨了，便在生下孩子后，跟教授拜拜了，分了他半壁财产，自己开了个广告公司，一年四季天南地北地跑。秦玉朵给白雅打电话，白雅说刚刚才到家，表示次日晚上有空接见秦玉朵。白雅拿大，令秦玉朵有些不爽，但她没往心里去。说到底，她的宽宏大量和善解人意并不是一种自省的修为，而是孤独无依的环境逼出来的。冒犯有如摸倒毛，搁谁谁舒服。

与白雅见面的地点定在大洋百货美食广场的一茶一座，靠落地窗。她们可以在享受美食的时候，将在窗外闷热中奔走的人群当作风景来欣赏。人大抵都喜欢把自己弄惬意弄舒坦后来欣赏别人的艰辛与苦难。在秦玉朵无聊地等了一刻钟后，白雅才裙衫摆摆，夹着手包香气扑鼻地款款走来。随手给了秦玉朵一支雪肌精，秦玉朵接过后就想好了下次用神仙水来回赠。她跟她之间的友情似乎就是在你送我香水，我送你口红，你再送我 jc 项链，我再送你施华洛世奇胸针这种一礼一答中平地而起，逐步累建成友谊大厦。

白雅用吸管吸吮奶茶，手里还夹着一只椒盐虾。她问秦玉朵，又有什么烦心事，说出来让姐高兴一下。

秦玉朵眼睛一翻说，德性！

白雅呵呵大笑，说，我现在交了一男的，感觉还可以，可他想跟我结婚，姐现在犹豫不决，你就把你那婚姻拉一道血口子给姐看看，就当警钟长鸣。

秦玉朵被白雅这么一说，心中那一点堵反不好倒出来了。人家是奔着看你笑话看的。秦玉朵抿了抿沾了蜜汁红枣的嘴唇，问，你那位教授现在如何，结婚没。白雅说，早结了，是他的女学生，两人在日本度的蜜月，在腾讯空间里大晒幸福，故意寒碜我呢。欢欢有没有长牙、会不会说话，他不闻不问，男人真没一个好东西。

秦玉朵抢白她，说，男人没一个好东西，怎么眼下又找了一个？

白雅说，我是不想找，可我这身体犯贱啊，三十如狼，有什么办法？而且我现在乳房里面长东西，情况不太妙，也想借此调和一下阴阳。

秦玉朵说，什么不太妙？难不成还乳腺癌？

白雅一本正经地说，有百分之九十的可能。已经切片做化验了，医生说在近期安排我做乳房切除术。

秦玉朵一阵唏嘘，她对自己的乳房也有这种隐忧。白雅连这样的事都告诉了她，她还在乎自己那点家丑么？秦玉朵说，白雅，我想离婚。她都不想在她面前割个血口子，割一道血口还有愈合的期盼，没什么意思，她直接想裂开。

白雅半天没吭声。她没有盘问她做这个决定的背后种种，也没有劝和不劝散的民间立场。她只是问秦玉朵，南家的房子、车子、存款和孩子你都拽在手里了？离婚能平分他一半财产么？如果不能，你离屁。

秦玉朵顿时哑然。南家的房子有五套，一套大的他们住着，另外四套三室两厅的，在收租，竹山区的黄金地段，一套房一个月租金三千，四套房一个月就是一万二，钱是婆婆在收，用于家里日常开支，公公走了，但南家的门户还在，须银钱垫脚才能撑住场面，车子两辆，一辆丰田是南翔在开，一辆雪佛兰是婆婆在开，这些都是婚前的，没她鸟事。孩子生下来是婆婆在带，而且婆孙俩感情很好，去了深圳两个多月，她跟佳佳只通过三次电话，她热泪涟涟地叫佳佳佳佳，佳佳却在那头哭着要奶奶。这个从自己肚子里跑出来的小王八羔子，牙还没长齐就学会了背母求荣。有一个夫妻共有存折，四年了，才八万，再就是自己阴着攒的点私房钱，十万。如果她离婚了，按照夫妻共有财产对半分，她只能光明正大分到南家四万块钱，就算南翔念及夫妻感情将他的四万一并给她，也才八万，这残酷的现实狰狞得可怕，令秦玉朵瞬时跌入寒谷。一时间她对那些离婚女人满含崇敬，她们有足够强大的资本才可以在婚姻中与男人对抗。而自己只能是无骨的藤萝，得时刻伸出触须去依附去抓紧。

白雅说，你以后别再把“离婚”两字放嘴巴上了。

秦玉朵从白雅的话里捕捉到了一丝丝轻蔑。离婚差不多是与男人分庭抗礼，那得需要雄厚的实力，精神实力和经济实力缺一不可。显然，她是单薄的，像盖被子一样，她四周都没扎紧，各处透着风，连个工作也没有彻底解决，真要离开了南家，她的生活会轰然倒塌。她没有资格来发表独立宣言。

夜幕降临，她从一茶一坐出来，有种恍惚感，都辨不清家在哪方了。回到家里，往沙发上一靠，浑身软绵绵的，如瘫了般。妈在厨房收拾碗筷，客厅的家具似乎都擦过了，茶几和地板锃锃发亮。妈闲不住，只要身体能动，就想着要帮她做点事。听着厨房瓷器相碰的声响，秦玉朵偷偷地想，如果两个多月前妈要是摔死了该多好，或者妈突患心肌梗塞分分钟死亡也好，对她来说虽然痛彻心扉，但却卸下了一副重担。她闭上眼，想象着她离婚后，晚年的妈患了绝症住在医院里，每天都需要大笔钱来医治，自己攒的那点钱显然支不走那么长的岁月，妈又没有医保，而她已经没有工作，靠打点临工来维持生计，凄风惨雨，那时的妈该怎么办？让苦了一辈子的妈落一个晚景凄凉、死不瞑目的下场？

朵，朵，喂，好好的哭什么？

秦玉朵睁开眼，是妈在叫她。秦玉朵将泪抹去，说，这两天眼睛不知怎么回事，见风发胀，爱流泪。

妈说，电脑用多了，这些东西不是什么好东西，以后少用。妈可能刚从卫生间冲了脚出来，地板上一串湿漉漉的拖鞋印。秦玉朵说，跟你说了多少遍了，叫你……妈登时朝自己脚上的鞋看了看，一副理亏的样子。秦玉朵说，叫你别干活别干活，你这才拆了架子，需要静养，到时反了病，我是不会再伺候你了。

妈说，我还以为你是说我把你地板弄湿了呢。这活儿又不重，你又忙，妈在这里能帮你一点是一点，妈心里有数，不会瞎逞能的。

秦玉朵看着一旁的妈，衰老干瘪的妈、眼皮耷拉下来的妈、皱纹满脸的妈，想着自己若干年后也会成为她这个样子，一时觉得人生万般无趣，活着无趣，生儿育女无趣，工作无趣，什么都无趣。

8

与郑勇的关系沦为了一种惯性，就像一台机器，不去发动它，它会静置于角落，可一旦发动了，它就会有它的程序和驱动。每隔几天，不是他来找她，就是她去找他，这种找有时出于心理有时出于生理。在局里，当了众人的面，还得假装正经，她得毕恭毕敬地叫郑局长，他得一清二白地叫她小秦。如演戏般，秦玉朵有时在心里都会笑骂自己，一对狗男女。

曾经令她千防万防的局长套房和办公室里的皮沙发并没有防过去，两人都在上面厮杀过。有时秦玉朵坐在电脑前打东西，一抬眼看见那张沙发，想着在上面有过的赤条条白花花的肉搏场景，陡然便有惊心动魄之感。

除了在单位，他们也开过房，但更多的是在郑勇的家里。郑勇儿子十二岁了，初中是住校，只是偶尔回来住宿，这就为他们偷情提供了方便。

自上周开始，郑勇已经着手秦玉朵编制的事情了，带着她跟市编办的萧主任吃过两次饭。萧主任的脸上还是有做过美女的痕迹，但眼角嘴角的下坠和大量黄褐斑的遮盖，这痕迹就像古墓里出土的青铜器上的纹路，很模糊。萧主任十指纤长，涂了指甲胶，红艳艳的捏着高脚杯跟郑勇左一杯右一杯，喝得酩酊大醉，还是郑勇送她回的家。她则是自己打的走的。她很怀疑那天郑勇是在萧的家里过夜的，萧也是单身女人，要想成事也便宜，成年人的游戏跟吃饭抹嘴一般，不用负责任。不过此后郑勇向她要了很多证件，户口本，身份证、大学毕业证原件复印件，还在档案馆调取了她的档案。编制问题如果解决了，她也算放下了一块石头，起码自身条件强硬了一些。南翔再向她说滚的时候，她不会太过恐慌，至少工作是固若金汤了，不会失业，生病有单位管，买房有高额公积金，离婚了，她跟妈也不会饿死，佳佳是不会跟她的，她也没打算争取，有婆婆在，就算南翔给她讨个后妈，也不会欺负到佳佳头上。这些年，竹山区一直在嚷嚷编制管理问题，要自收自支编制回归自收自支的单位，竹山区几个自收自支的单位都快垮掉了，而且那些单位带着经营性质，业务需要你去跑，拉得钱多挣得就多，拉得钱少挣得就少，拉不来就一分钱也没有。哪有全额拨款的编制舒服，每个月的工资福利奖金都雷打不动。这个稀烂的社会既然要把劳动人民分成三六九等，是人就得往高处挣。

书面的材料该交的都交了，剩下就是运作关系了，这得需要钱，数字是十万。郑勇在床上跟她说起这事时，手里还握着秦玉朵的乳房。秦玉朵不作声，只拿两只眼睛盯着他看。她在心里冷笑，他居然开口找她要钱。郑勇点了一支烟，说，十万块啦，不是小数目啊。秦玉朵一把扯过毯子，重重地翻过身去。

郑勇徐徐吐出一口烟说，想起我一个老堂伯，当年是锅炉厂一个临时工，九几年的时候花了三万块钱买了个编制，上班才两年就下岗了，三千块钱买断，连本都没有收回来。郑勇又说，这世上的事瞬息万变，你下死力以为挣来了一根万年桩，转眼不过是朽木，有时候真觉得命运不是我们说了算，是一只无形的大手在操纵我们，在这个社会里，我们都不过是人家摆布的棋子。

秦玉朵又将身翻了过来。她从这番话里听出他不是舍不得钱，而是对这个社会信任不足，他跟她一样没有安全感。

郑勇叹了口气，说，人命如草芥，自生自灭。我明天就给姓萧的转十万过去，让她去操作。咱们都走一步看一步吧。说着，便一把盘起秦玉朵，让她骑在他上面，他们带着世纪末情绪疯狂来了一次。事后，热汗涔涔的郑勇搂着秦玉朵说，你干脆离婚跟我吧，我爱你，也需要你。

秦玉朵还是不作声，但是内心还是有种慰藉。这事她也不是没设想过，但毕竟有孩子，她还是想给佳佳一个完整的家，离婚这事她只是强烈地考虑过，但真要她走那一步，她还没有那胆量。秦玉朵说，你也不避嫌，竹山区最忌讳领导跟下属裹不清。

郑勇说，你要真有此心，我可以申请调动，平调到别的局。

秦玉朵说，没那个局的局长能比坏保局局长更适合你。

郑勇一愣，继而大笑。说，明儿就喊人来换招牌。坏保局，有意思。

有时候想想，秦玉朵觉得她跟郑勇之间更像是一笔交易，她以身体交换编制，这跟妓女没有区别，她甚至偏激地觉得这世上所有女人都是婊子，所有男人都是嫖客。这是一个充满很多肮脏分泌物的世界，体面与尊严丧失殚尽的世界。

一连几天，南翔都有加班，回来得非常晚。秦玉朵也懒得去过问。她也曾查看过他的手机和 QQ，把每一个最近联系人的聊天记录都翻开看过，不是没有蛛丝马迹可寻，那个叫北飞的就很可疑，名字取得就有逼宫的架势，南翔北飞多他妈匹配的一对，头像是露着肩背的艳妆女郎，妖冶性感，是南翔喜欢的那个型。她称南翔为阿郎，阿郎，白天木目心，夜里木目心，阿郎，西边有个女，都是些火星文，不知所云。后来，她突然想到那是阿郎，想，阿郎，要。想什么想？要什么要？秦玉朵登时气往上撞，血管都快要胀破。瞅准机会，她再去翻查他的 QQ 记录时，却发现那个北飞没有了，就此木目心和西女成了一桩悬案。经了此事后，她也懒得去搭理这些了，看见了又怎样？奈何不了，你只能磨砺自己的双眼，要让这眼里能活活容进沙子。

今天南翔回来得倒是很早，五点半就到屋了。秦玉朵到门口去给他递拖鞋，却被他一手扒开，力量很大，差点撞到鞋柜的拉环。秦玉朵朝他脸上望去，这才发现他的脸色非常难看，神情阴沉，有种山雨欲来风满楼的征兆。脚上的鞋子蹬了两下没蹬掉，索性脱下直接向窗口扔了。那是双新买的牛皮鞋。秦玉朵将手里的拖鞋放在他脚边，他同样捡起扔了出去。秦玉朵蓦自心虚，难道自己的事情他抓到了把柄？她仔细想了想，QQ 不存在安全隐患，因为她压根就没加过他。难道是手机？应该也不可能，她早就跟他说过，下班后或者周末在家时，他不得跟她发信息不得打电话，他们从不在手机里互诉衷肠，情话绵绵，同在一个单位，情感可以当面传递，手机也不会暴露什么问题。如果真是被他抓到把柄，他不会像这样给她摆脸色看，直接就制裁她了。秦玉朵宽慰自己，可能是想多了，跟做贼一样，只要听到警车响，就会自乱阵脚，很多小偷都是自己撞到枪口上的。

妈在厨房做饭，回锅牛肉的香气从门缝里溜出来，四处飘散，妈放了很多干椒，喷嚏一个接一个的。妈也在讨南翔的好，知道他爱辣。书房的门与婆婆的门是相对的。此时都紧紧关闭着，她立在这阴影里，仿佛置身于囚牢。她胆怯又愤然。她小心翼翼敲着书房的门，说，南翔，吃饭了。南翔，饭好了。

菜已摆好。妈也帮着秦玉朵叫，南翔，快出来吃饭，妈做了你最爱吃的回锅牛肉。

母女在桌边等了一会儿，南翔才从书房里出来，上桌就捡了筷子吃，也不跟妈打招呼。秦玉朵正欲跟他理论，被妈丢过来的眼神给制止了。三人在肃静中吃着各自的饭，秦玉朵觉得餐桌上面压着一团乌云。妈添饭去了，“嘭嘭嘭”饭瓢敲着锅胆的声音破了这静，令人头皮发麻。南翔手里的碗朝桌上一墩，筷子一摔，起身还掀倒了一把椅子，然后书房门“咚”一声震得房子都在打颤。

秦玉朵气极，大叫，姓南的，你什么意思？抖你娘的什么威风，操你妈的王八蛋！

妈立在厨房的大理石台前，一手拿着饭碗，一手捏着饭瓢，一副目瞪口呆的表情，脸色煞白，如惊弓之鸟。秦玉朵说，别理他，他神经病，吃饭。妈转过身，把碗里的饭倒进锅里，轻轻盖上锅盖。然后就这样立在台边上。看着妈的背影，秦玉朵心如刀绞。她看见妈伸手往脸上不知是眼睛还是鼻子的地方擦了一把，妈一定在流泪。

秦玉朵跑过去拧书房门，拧不开，便拍打起来，叫嚣着，姓南的，你给我出来，给我妈道歉，你今天要是不道歉，我他妈跟你没玩，王八蛋！我他妈受够你了。

朵！妈叫住了她。妈说，不要吵他，去洗，洗了睡觉。明天还上班呢。他不跟你开门，你叫死也没有用。

秦玉朵还不能确定南翔是不是真抓到她什么短处了，所以一时忐忑不安，不想把事情闹大，可是碍于妈在此，她又不能不闹腾一下，她不能让妈觉得她在这个家里是软弱的，是打不还手骂不还口的。她被抵到了悬崖上，有身处绝境之感。听妈的话她洗了个澡，喷头的水射向她的时候，她彷如中枪，一下子瘫在了地上，在水雾缭绕的淋浴房里，她环抱自己，她希望时间就此凝固，她实在没有力气往前活下去了。她觉得她的人生像戏台上大号的凤冠霞帔，光闪闪，千斤重，为了穿出合身的效果，得时时架着端着绷着，撑得好辛苦。

等到转钟时，南翔才回到卧房来，席梦思的弹跳惊醒了迷糊中的她，即刻她的头部便是一阵锐疼，南翔揪住了她的头发。秦玉朵气极，怒道，你干什么？南翔冷冷地说，到上面来。

快点！

秦玉朵被头顶巨大的疼痛所迫，不得不屈服这种屈辱的命令。

脱！

秦玉朵挣扎着。南翔却一把扯下她的睡衣。秦玉朵厉声道，你干什么？疯了。南翔扯着她的头发按着她的头，把她缓缓推向他的下体。

不！秦玉朵誓死不从。

南翔提着她的头发猛地往后一拽，狠狠扇了她一巴掌，大骂道，臭婊子养的，你跟别人连车震都玩过了，千日万捅，在老子面前装贞洁烈女？臭不要脸的娼妇，贱逼。

天啦！秦玉朵心里一惊，像塌了一座山，顿时万念俱灰，脑子一片空白，再也感知不到任何疼痛，只觉得冷，像是冻了凌，寒气逼进五脏六腑，她止不住地哆嗦，连牙齿也发颤。她到底被人算计了，这么隐秘的事，不是当事人亲口说出来，旁人如何知晓，他为何要这么做，他侵占了我，还要把置我于死地吗？这个在枕边说要娶我，爱我需要我的男人，为我出十万块跑编制的男人就这么玩弄我。秦玉朵气绝。她想，今晚要是被打死了，我要变成厉鬼，我一定要把姓郑的王八蛋碎尸万段。

秦玉朵被南翔一脚踹到了地上，头撞在衣柜上，钝钝的麻木感过后是尖锐的疼痛，那疼立在每一根神经上，但秦玉朵没有叫。她怕惊动了对门的妈。她不能让妈知道她偷了人，这是作为一个女人最不堪的羞耻，是辱没门庭的丑事。

南翔打红了眼，拳脚并用，各种污秽肮脏的字眼兜头盖脸地泼向她，她不做任何反抗，只求速死。这时，房门打开了，蜷缩在地的秦玉朵看见妈立在门口。妈看见她的女儿赤身裸体地躺在地上，身上青一块紫一块。

妈惊恐万状，两条腿筛糠般抖动。你！妈的胸部一颤一颤的，她一把抓住南翔的衣领，用刚刚痊愈的右手响亮地铲了他两个耳光，畜生，你个畜生。妈把秦玉朵从地上扶起来。秦玉朵扑在妈的怀里放声痛哭。秦玉朵说，妈，我没脸见你了，你让我死吧。

死！阎王不要你的命，谁能叫你死！妈恶狠狠地问南翔，怎么回事？

南翔说，你养的好女儿，偷人养汉的好女儿。

妈把脚往地板上一跺，恶狠狠地说，她偷人养汉你看见了？拿奸拿双，她跟谁了？是你赤条条地活捉的？狗畜生，听别人几句谗言，回来打老婆出气，还你娘的公务员，国家干部，你今天有种你打死她。妈上前将南翔的手捉住往秦玉朵跟前送，来呀，打呀，怎么不打了，打死了算了。

南翔的气焰明显矮下去了。理一屈词就穷，嘴角蠕动了半天，也没放出个屁来。最后一屁股塌在床上，脑袋如遭了闷棍似的耷拉下来，一脸颓然。

这一仗，她赢了。

走，跟我睡。秦玉朵被妈牵着去了客房，她在妈的脚头坐到天亮才躺下。

这一躺躺了三天三夜。南翔也没回来，给她打过电话，她没接。郑勇也打电话，三天打了足足六十个电话，秦玉朵一个都没接。看见这两字她就有痛彻肌理的感觉，就会倒抽一口凉气，这是一支从背后射来的冷箭，是最刻骨铭心的背叛和欺骗。

第四天去上班。她径直推开局长办公室的门，看见她来，郑勇迅速支走了其他人。关上门后，他一把搂住她。连声问，你怎么了？我这几天都要疯了，我想死你了，你知道不知道，你真是太折磨人了。忽然，他怔住了，他感觉到了一丝不对劲，他松开秦玉朵，发现她的手上握着一把匕首，再看自己的腹部，血已经染红了衬衣。

郑勇用手捂住刀口，惊道，你!

秦玉朵紧咬着牙骨说，这种不堪的事你也敢说出去，你让我死，我也不会让你好活!

郑勇扯下一卷卫生纸按住血口。说，我不是要你死，我只是想你离婚，我要娶你。

呸!你是觉得为我出了十万块钱，不想出得那么冤枉，若我做了你老婆，你大概就觉得这钱没白出，是不是?

郑勇说，这难道不好吗?你马上就有竹山区财政全额拨款的编制了，在我调去别的局之前，我还要提拔你当办公室主任，晋升你为科级干部，我什么都为你谋划好了，我对你是真心的。

秦玉朵说，但我不会原谅你对我使出如此卑鄙的手段。你去死吧。秦玉朵转身离去。她知道他是死不了的，刀口并不深，只是要受些疼痛而已。她也知道，那一刀捅下去，她在局里甚至竹山区都待不下去了，可是她必须要给他以教训，三天三夜的思量，她想好了，这一刀必须得捅下去，这丧失殆尽的颜面，能挽回多少是多少，如果要选择活下去，一点可怜的自尊比银钱更有意义。编制也不会要了，这种背后运行的不能见光的事一旦捅穿了，黄金也会变成一坨屎，会恶心她一辈子。她再贱，也没贱到顶一脑袋屎在茅坑里苟活一世。

9

妈要回老家。离伤筋动骨的一百天还差二十天。秦玉朵留妈多待些时日，等满了百天再走。妈系着围裙在厨房里剁辣椒，剁得碎碎的，秦玉朵前几天偶尔提起想吃老家的酱，妈就听在了心里，去超市买了这些红辣椒，剁了用盐和豆瓣给秦玉朵做酱。妈边剁边说，家里有鸡有狗有猫，菜园子里还种有菜，这些活东西不能老是麻烦马叔，我这手已经好了，不疼不痒，在你这里总不是事。

秦玉朵就不好再挽留了。妈要面子，事情发展成这个样子，留下来更是一种尴尬，这么多年精心的掩饰和遮盖，陡然间露出真相，就跟被利剑划了一般，有切肤之痛。分开是给双方留下些体面。伤痕在没有外界打扰的时候更容易愈合。

晚上，秦玉朵带妈逛王府井百货，她想给妈买件好一点的衣服。她挑了几件让妈试，妈总说不合适。秦玉朵说，很好啊，你看这手工串珠，这贴的亮片、这洒的金粉多讲究，料子也好，穿上去整个人感觉都不一样，跟城里有钱老太太差不多。

妈笑笑，说，朵啊，这穿衣服是看你怎么穿，过去地主老爷家就喜欢穿绫罗绸缎，阔气的还要在上面压金线埋银线，穿着贵气富态，让人一看就是有钱人家，可这种衣服站也要有个站相，坐也要有坐相，不然衣服就折了皱了，倒更容易露出穷酸，像我们这样的人家就穿棉和麻，贴着皮也不糙人，又不受拘束，自在。妈看你啊以后也要多穿穿这样的衣服，你看你衣柜里的那些衣服，不是镶珍珠就是镶亮钻，不是贴亮片就是填金粉，每次洗衣服还得用手去伺候，实在犯不着。人不能跟衣服当奴隶。

秦玉朵看着妈，恍惚有种陌生感。她静静地跟在妈的身后，若有所思，她不再给妈指衣服。对于衣服的理解，她觉得自己这个纺织工业大学毕业的本科生还不如一乡下老太太。

看着商场用各种光源制造出的辉煌和奢侈，看着万紫千红款式不一的服装，还有促销和吆喝，都让秦玉朵一下子生出虚妄之感，她忽然觉得这用金钱堆砌起来的繁华和灿烂是如此的邪恶和肮脏，如同真菌孢子一样大肆培养人的贪婪之心，是胁迫和摧毁人的一种手段。她奇怪以前竟没有这样的警觉。

深夜，秦玉朵静静地坐在书房中，她完整地听了一遍蔡琴《张三的歌》：我要带你到处去飞翔，走遍世界各地去观赏，没有烦恼没有那悲伤，自由自在身心多开朗，忘掉痛苦忘掉那悲伤，我们一起启程去流浪，虽然没有华厦美衣裳，但是心里充满着希望，我们要飞到那遥远地方，看一看这世界并非那么凄凉，我们要飞到那遥远地方，望一望，这世界还是一片的光亮……

她将书房窗户打开，站在宽大的飘窗台上，她想如果跳下去，她这辈子就真的可以自由自在了。但她还是收住了自己。她不能用仅有一次的生命来跟生活对抗。下半夜，她铺开纸笔，今晚她要写成两份申请，离婚申请和辞职申请。

太阳照在镜子上

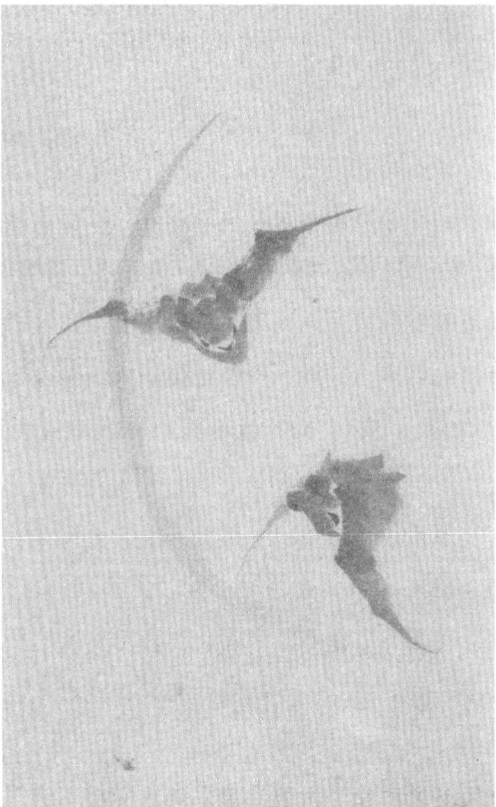

1

吃过晚饭我一般会到江边散步，对着夕阳铺陈的江面点燃一支烟，静静想一些心事。江边种着高高的白杨树，风一吹，哗哗作响，像一片掌声。江堤向天蜿蜒而去，无拘无束的。忽然尖锐的蝉鸣从我衣袋里传出，是手机的铃声，一声一声像针尖一样细也像针尖一样有力。手机上显示的是“安”。安？我心里一紧，手指也哆嗦起来。

我父亲在四十二岁那年没管住他的中腿，与他的一位女学生为我鼓捣出了这个妹妹。这些年我试图将她忘掉，仿佛真的忘掉了，我连做梦都不梦见她。可是，总在不经意间，在毫无防备的晨起或深夜里，她就像划火柴一样“嚓”一下从我的心里挣脱出来，将我的脏腑燎起一个个血泡。

当年学校有传言我父亲跟女学生的消息，可我们都不信。父亲是位老实人，他每天皮鞋锃亮，西装笔挺地站在县一中毕业班的讲台上传道授业解惑。他的班里经常会冒出文科状元来，在市里省里甚至全国轰动一下。每年高考后的暑假，我们家从不开火，我和我妈还有奶奶跟着我爸一道辗转在各个饭店的谢师宴上，吃得我们头发尖都能淌出油水来。

他拿着讲义走向教室的情形如农人走向田地。他崇拜毛泽东，是党员，他办公室的玻璃板下压着他手书的共产党入党誓词。父亲不苟言笑、方方正正像秤砣一样，很稳，我们觉得一个举起拳头宣誓永不叛党的人应该也是不背叛家庭的人。

当那个女学生来到我家跪在我母亲的脚前请求我母亲的原谅，我们才知道这事是真的。我母亲看着我父亲，我父亲不说话，他把脸扭向了窗户，窗外的院子有一丛黄色的野菊花，是父亲特意种的，他向往祖上陶渊明“采菊东篱下，悠然见南山”的自在生活。

那个女学生说她怀了我父亲的孩子，她要把这个孩子生下来。那一刻我头上滚过一声炸雷，我感觉我脚下的地都在晃动，这个站着像门板一样的男人“轰”一声在我心里倒塌了。父亲的沉默并不是软弱而更像是逼迫。他是愿意娶他的女学生的。奶奶在看了女学生的肚子后就开始躲避母亲的目光了。她想抱孙子的心还没有死。我看到我母亲眼睛里的光灭了。

父母离婚后，我跟了母亲。母亲没有工作，父亲给了母亲十万块钱作为安家的费用。母亲将这笔钱存进了银行，她找了个打扫公共厕所的活儿，以此来养活自己。那一年，我满十六岁，正在读高三，成绩总上不去，成了学校的包袱，原本是打算复读的，但为了尽快离开这个鬼地方我学会了头悬梁锥刺骨，我的屁股长出钉子钉在板凳上，我的眼睛也长出钉子，钉在书本上，我把那些书看出一个坑来，最后我考上了武汉的一所大学，虽然离我心中的远地方还差十万八千里，但我母亲已经很阿弥陀佛了。

父亲在不惑之年对家庭的背叛在我的心里凝结成不散的阴霾，每次突然想起时，就让我对他有种刻骨的仇恨。我想着要报复他。我在大学里开始学着抽烟喝酒，化着浓妆混在男孩子堆里打情骂俏，勾肩搭背，一副很随便很开放很有性经验的样子。那个时候我是如此的喜欢自己糟蹋自己，我曾是他眼里的一颗明珠，如今我要把这颗明珠扔进粪坑里。可是我的内心却对这些男人嫌恶之极，在他们亲吻我或是要进入我身体的时候，我会恼羞成怒，我会举起我的巴掌。我用巴掌扇走了好几个男人。

听母亲说那女人跟父亲生了个女儿，叫陶安。母亲脸上流露的是喜色，她为父亲的遗憾感到欣慰。母亲很得意地望着我说，陶家撑门立户的还是你。我鼻子里轻蔑地哼出一声，这样的家门如一副破碎的河山，撑不撑，立不立没多大意义。

奶奶在见到陶安后就大病不起了，拖了四年就去世了。这病床上的四年都是母亲照顾的，奶奶对母亲怀有巨大的歉意。她垂危时像君王临死立储君一样对守候在一旁的亲戚们说，我做一世人，只一个儿子一个媳妇一个孙女，再无旁人，孝心单子上的人不要弄错了。遗命大于天，父亲不得不遵从。孝心单子上真的没有她们母女俩。但是她们母女俩还是早早地就去了殡仪馆，帮着给客人端茶倒水。每个去的人头上都有一顶孝帽，父亲和母亲是一身重孝，白帐布从头裹到脚，我和奶奶的侄儿们都是一身大孝，长长的如斗篷一样的白布走起路来衣袂飘飘。

我那时是第一次看见陶安。她像一只怕见生人的猫，牵着她母亲的衣角时时跟在她母亲的身后，看起来就四岁的样子，留着娃娃头，穿着背带裤，眼睛很亮，嘴唇很红。她大约是在向她的母亲讨要东西，但她母亲却一脸难色。最后，我终于听到她要什么了，她说她要穿白衣服。孝服是按孝心单来发的，她当然没有，满院里猫啊狗啊身上都系了孝，就她们母女没有。我的心里是优越的，是雀跃的。我想我母亲心里应该也是满意的。但我母亲会做人，她从裁缝那里撕了一大块白布又拿了两个帽子，给陶安戴了个孝帽系了个大孝，给那个女人戴了一顶孝帽。那女人向我母亲说了声谢谢。

陶安披上大孝后立刻就乐了，她倚着门框看我，朝我笑，但我故意扭头不去看她。她走了出来，在外面的空地上跑来跑去，想让风吹起她的白斗篷。亲戚中所有的大孩子和小孩子都围着我，像暗地里约好了似的都不去理她。她似乎想引起我们的注意，叫声越来越大，她说她是侠客。后来她叫，姐姐，姐姐，你看，我是侠客，我是侠客。我狠狠瞪了她一眼。父亲拿着一卷鞭炮凄然地走了过来，看到奔跑的陶安，他甩了她一巴掌，父亲说，奶奶死了，你就这么高兴？陶安一下子就哭了。她母亲赶出来，将她搂在怀里，她母亲朝我父亲看了一眼，大致是想说什么但是嘴唇动了动什么也没说，只是默默地将号啕大哭的女儿带向了背人的远处。

奶奶没有承认她们，影响陶氏家族也不承认她们。我听母亲说，父亲的压力很大，每月都要到理发店去染一次头发，不然就是一头白发。可是他对他的再婚却没有流露丝毫悔意。其实当初浪漫的师生恋早已被世俗消磨得面目全非。首先是应家长的要求，父亲不能教书了，转向学校的后勤工作。女学生的家人也没有原谅他们，特别是我的态度对他的伤害最大。他曾往我的学校寄过一封信，希望能与我见一面，可是我没有答应。在一中的校园里，我偶然看见过他一次，穿着一件毛背心，提着菜篮，背似乎都驼了，头发虽然乌黑，可是脸上的皮肉都一齐往下坠，他的步履沉重，走路像背了座山似的。他的衰老让我有了一丝软意，但是我的脑海里随即浮现出母亲枕头的泪痕，软意复又变硬。他当初无情的沉默和重起炉灶的决心像一把把飞镖刺向我和母亲。老夫少妻，他以为他会有一堆好日子，看到他吃力的上台阶，看到他蹒跚的步履，我的嘴角扬起淡淡的笑来。我与他背道而走，莫名的酸楚在我胸间堆积，我加快步伐奔跑起来，直到眼角有泪溢出。

在陶安十四岁那年，父亲出现精神恍惚的病态来，整夜整夜睡不着，要靠吃安定才能勉强睡半宿。他在一次买菜的途中被一辆轿车撞倒在地，送到医院抢救。我母亲给我打电话，叫我马上从武汉赶回来，那已经是傍晚了，没有班车了。可我母亲要我包辆车，无论多少钱她出。母亲说得很坚定，有一种诀别的意味。

我赶到父亲的床前，父亲已经不能说话了。母亲在背后催促我，叫爸爸，快叫爸爸啊。我没有叫。从十六岁到三十岁，十四年没叫，已经生了锈，叫不出了。父亲摇摇手，意思是叫我母亲不要勉强我。他又对我招了招手，我把我的手递给他，他握住我的手又握住陶安的手，他将陶安的手放到我的手里，让我的手握住她的手，他说了他生命中最后一句话，你们都姓陶。然后他的手就骤然松开，头歪向一边。陶安哭喊着，爸爸，爸爸，爸爸，而我却喊不出这两个字来。

父亲死后半年母亲也患病去世。那个小城于我再也没有了任何牵连，我很少回去了。过年过节我也不回去。我给陶安留了我的电话，但她很少打，几乎没有打过。但我还是从亲戚那里知道了一些他们母女的消息，父亲死后，学校收回了父亲生前所住的房子，给她们娘俩另安排了居住地，挨着猪圈旁的一排平房，过去也是老师的宿舍，条件很简陋，漏雨又漏风，陶安母亲的工作也由图书管理员换成了食堂蒸饭工。父亲死后并没有给她们母女留下多少钱，所以陶安母女的生活过得很节俭，她们周末还提着编织袋在学校操场捡塑料瓶和纸箱子来增加收入。还听说陶安读不进去书已经下学了，在县城里一家洗脚城打工。

那些到了晚上霓虹游走的洗脚城在我眼里等同于烟花巷，是青楼，是窑子。我觉得这是她们故意的，故意羞辱陶家的，是做给我看的。这使我对这个女人更加痛恨，我隐隐地将我们家庭的破裂、父亲的惨死、母亲的早亡和我对男人的嫌恶统统归结在她的头上。我甚至认为我父亲的出轨是因为她色相的勾引，她若不在我父亲面前卖弄风情，巧笑倩兮，激起男人压在心底的兽性，我父亲怎么会跟她误入藕花池，她怎么会怀上我父亲的孩子，进而逼迫我母亲让出名分。我决定与她们死生不相往来。小县城我也就每年清明节回去一次，每次去父母和奶奶的坟前我都会看到燃剩的蜡烛头、香头和纸钱，我猜想一定是她们母女来过了，对于逝去亲人的祭奠算是我们彼此间唯一存在的联系，我仅以此知道她们还活着，每年还能余出几十块来买这些香蜡纸烛，除此之外我对她们再没有别的信息了。

过了三年，我接到陶安的电话，说她母亲去世了，这是陶安第一次跟我打电话，她叫我姐姐。她的声音很紧，喉咙好像跟尼龙线一样细。我没有回答她，我静静地等待她跟我说正事。她在那边抽泣起来，她说，姐，我妈过世了，你能回来帮帮我吗？说完她便抑制不住地哭出声来。对于这个女人我虽然素无好感，可是死亡是件令人悲伤的事，生人不能与死人计较，我答应陶安回去帮她。这个女人在我父亲死后并没有往前走一步的心思，想来也是不易的。那次回去我才知道陶安已经嫁人了。一身重孝的陶安将一个披着重孝的男人引到我面说，这是田文军，我老公。我冷眼打量那个男人，他应该比陶安大不了多少，顶多也就二十出头，不高，仅比陶安高半个头。我再看陶安，这才注意到她的肚子已经微微隆起。

把陶安的母亲送上山后，我们在一家小饭馆里吃了顿饭。陶安告诉我她和她老公是在洗脚城认识的，两人都是洗脚的技工。老家郧县，穷地方，电视长年就只收到两个台，一个中央台和他们的地方台。在洗脚城打工，他照顾她很多，帮她抢饭，帮她端客人的洗脚水，休息时他还给她捏过脚。那时她的母亲身患重病，想她找个男人好有个依靠，到哪去找这么合适的人来给母亲一个交代，好让她放心呢，陶安就想到了这个同事，当她把这个同事领到她母亲病床前，她母亲简单问了下似乎还是有些不满意，但也没有反对，两人就这么在一起了。陶安说，没有办酒，所以也就没有通知我。

我静静听她说话。她长着一张好看的嘴巴，像一只出水的菱角，带着天然的红润，湿漉漉的。丰满的诱惑。她的眉毛继承了父亲的特征，又黑又长，像两根炭条。奶奶以前说过女孩子长这样的眉毛命硬，不是克娘亲就是克爹亲。终于，她的双亲都被她克死了。怨恨又在我心里翻腾了上来。她如今已嫁为人妇，有了自己的归宿。我想在以后的日子里我不会与她有什么瓜葛了。

吃过饭我们一拍两散，连句客套话也没有。她往东我向南，在等车的时候我回头看了一下，看见她老公在轻拍她的后背，手指揪着袖角在她脸上擦拭着什么。很恩爱的样子。很好，再没什么值得我为她担忧的了。

一年过去了，两年过去了，她并没有联系我，过年过节连条短信也没有。我想我们之间横亘的东西太多了，那些怨恨与冷漠堆积成了沙石，又被时间浇筑成一堆水泥，这辈子也解不开了。她有她的家庭，我有我的人生，我是绝不会低不下身段去主动联系她的。好几次走到移动营业厅，被便宜的资费所吸引想换一个手机号码，但是最后都没有换，我固执地保存着这个号码，似乎在暗暗地等待着什么，也许等待在某个不可知的时刻，打进电话的手机屏幕上会出现“安”。

就像此刻。

2

我喂了一声，那边是一段空白。我蓦地紧张起来，这种陡然的联系往往都是最坏的结果。这个命硬的女人。那边有了些动静，是咳嗽的声音。她说话了，依然是如尼龙线一般细的嗓音，姐，我想来你这儿。

这前不着村后不着店的一句话让我诧异，我问，怎么了?

我来了再跟你说吧。我要离婚。

我的后背忽然一阵烘热。她到底还是遭遇了坎坷。她跟我开这个口也一定是考虑了很久的，是鼓足了勇气的，她连生小孩的事都没跟我打过电话，至今我都不知道她怀着的那个孩子生没生，生的是男孩还是女孩。她从宽敞走到了狭窄，她一定像一只飞蛾慌乱地扑腾双翅，仓皇又茫然。隐隐的，我的心里有一丝庆幸，她的落魄，她的变故像一帖药一样慰藉了我，我似乎一直就隐藏着这个期待，期待她过得不好。

我说，你来吧。

她急急地说，那我明天就过来，今天带龙龙在旅店睡一晚上。

我还想问些什么，但最终闭嘴了，这样的事不是一句两句就能说清的。我将烟赶紧吸完然后弹进长江里，就往回走。我住在江边，母亲火化后我抓了些骨灰带到了武汉扔进了长江，我便在江边买了个小房子。我处过几个男朋友，跟大学里一样，在突破防线的时候我会举起巴掌，将所有的激情扇熄。出于对背叛的恐惧，我对男人的戒备像钢铁一样坚硬，所以至今单身。

回到家坐在沙发上与电视机遥遥相对，电视柜上摆着我母亲的照片，每一次看我母亲的眼睛，我总会想到她带泪的枕头。那片泪痕如长在我心底，捂得都快要长出绿毛来。阳台的窗帘拉开，远处沙滩上有一只破木船，四周全是沙子，这些年那沙都快要覆盖那船身了。我觉得这景象如一幅充满禅意的画，含有一种谶语。我就是那条船，我们一齐搁浅了。

她好像说她带龙龙在外面过夜。我猜龙龙一定是她的孩子，应该是个男孩。哦，男孩。我竟有一丝喜悦。我进屋换了套衣服，打算去城中心的商场转转，下了楼一阵江风吹来，我打了个冷战也顺便改了主意，还是到最近的超市算了。大费周章显得我多重视似的。我买了薯片、软糖、牛肉干和曲奇之类的零食，买了大小两双拖鞋和两只喝水的杯子。在服务台旁边的金银店买了一只银的麒麟锁。在我们老家，未出童关的小孩身上应该是要戴银器来辟邪的。假设父亲还在，这只麒麟锁应该在她怀孕的时候就准备下了。

那一夜我听着江风呼号久久不能安睡，起来抽了两支烟，在接近黎明的时候我忽然生出一种紧张。

我提前一个小时去了车站，在焦急与渴盼中等待他们母子的到来。老家县城的巴士终于驶进了车站，从行色匆匆的乘客中我一眼就认出了陶安，她穿着一件蓝色的羽绒服，身后背着一只黑色的大背包，一手拖着旅行箱一手提着一只红色的皮革包，一个小男孩牵着她的衣角亦步亦趋。她转了个身给了我一个正面，她还是那么标致，头发留长了还烫了时下最流行的梨花头，更显出一种风韵。她给我打电话说到了。我说，你们先等着吧，我还在路上，大约得要半个小时。

在这半个小时里，我看着她们在武汉湿冷的寒风中搓手跺脚，看着陶安俯下身去给小孩子擤了一次又一次鼻子。我看见小男孩在拳脚并用地踢打她，然后小男孩号啕大哭起来，在陶安手足无措的时候，我才慢慢走出车站。陶安见到我，低低地叫了声姐，又对着小男孩说，龙龙，叫姨妈。龙龙两眼带泪别过脸去。陶安说，他认生。我没说话，沉着脸站在路边拦的士。

从上的士到我家里，陶安的手机就没安静过，一会儿短信一会儿电话。她一会儿跟电话那头的人说她现在在深圳，一会儿跟电话那头的人说她现在在武汉，然后一会儿是柔声细语，再接一个电话时又吵又骂。我从这些零散的话语中知道陶安有了婚外情。我从后视镜里看到她的眼睛里有一种神光，父亲当年与她母亲相好时眼睛里就是这种光，这光就像太阳照在镜子上。我的心里有些不快，她的颧骨因经受寒风又骤遇暖气有了两团红晕，一股子狐媚相。我暗自对她生出鄙视。龙龙的手里拿着一个蜘蛛侠玩具，我从后视镜里默默地看着他，这个虎头虎脑的小男孩眉目之间与父亲有几分相像，是陶家的一脉血。我看到他歪着脑袋从座椅缝里偷看我，他的手在后面扯我的围巾想让我回头。我没有回头。我像一座泰山样的稳坐在副驾驶座上，在他们母子面前巍峨、高耸。

过了会儿，我还是把头扭了过头，龙龙却忽然藏到他母亲的怀里咯咯咯地笑，蜘蛛侠的玩偶吊在我的围巾的流苏上。龙龙猛地抬起头说，看，蜘蛛侠在姨妈的围巾上打秋千，好好笑。龙龙叫我姨妈。那声姨妈在我心里激起阵阵涟漪。陶安拿着手机像拿着一缕魂魄，一副心不在肝上的样子。我问陶安，中午想吃什么？这时陶安的电话响了，陶安看了一下屏幕，脸上立刻呈现出天大欢喜，她向我打了个暂停的手势，就热情地对着电话“喂”了起来。这个举动令我有点恼火。电话那头的人显然比我这个多年未见的姐姐分量要重得多。

下了的士，陶安的电话还没有断。我将行李从车上帮她取下摆在她的脚前，然后朝前走去，我不再替她拿行李，她不像是投奔人的样子。她精力旺盛的在电话里打情骂俏。她对电话那头的人说她现在在武汉，她要那人来武汉见她。我停在一株白杨树跟前，看她一手提着一个帆布包，一手提着一个小编织袋，身上还斜挎着一个红色皮包，她的头像水蛇一样偏在肩膀上，手机夹在中间，这姿势一看就是很吃力的样子，她的脑门子都汗湿了。那个偌大的行李箱，居然是龙龙在拖着，行李箱虽然有滚轮，可是很沉重，龙龙一边拖一边喊"哎呀哎呀"。陶安扭头看了一眼龙龙笑了一下，说，乖儿子。她将编织袋转到一只手上，腾出一只手拖行李箱，两只袋子的分量很重，她的腰身开始倾斜。手机快要从肩头滑出来了，索性用手握住手机将它按在耳朵上，这样两只袋子就统统滑在了她的胳膊弯里，看得出她在使力气，脖子上的青筋都爆出来了，可是她依然舍不得跟电话那头的人说再见。她说，龙龙肯定是跟着我的，他爸爸是不会要他的，你接受我就得接受龙龙，龙龙很乖的。真的，他刚才还帮我拖箱子。

我实在看不下去了，我气呼呼地过来，对着陶安说，五栋三单元七楼七零二，然后我抱着龙龙转身就走了。

进屋后，我将电暖炉打开，给龙龙洗了脸，拿出昨晚在超市里买的零食，龙龙看了看四周，都是陌生的样子，他问我，妈妈呢。我说，你妈在后面，她会来的。他又看了看屋子，黑色的沙发垫，粗麻的桌布，棕色的窗帘，黑白相间的挂画，红木色的地毯，笨拙厚重的手工粗陶器，陶瓶里插着干枯的莲蓬和松果，冬日泛白的太阳似乎费了许多力气才穿透那层薄薄的窗纱泄在客厅的茶几上，有气无力的样子。大概是屋子沉闷的颜色和一个不苟言笑的妇人令他感到了恐惧。龙龙忽然大哭起来，他朝门那边跑去，他要去找妈妈。我说妈妈会回来的。我一手拦住他一手掏出手机给陶安打电话，她的电话总是处于通话中。这令我很是恼火，太阳穴似乎都在嚓嚓冒火星。

我说，你妈还在跟别人打电话。

龙龙说，我妈不要我了，她说她要把我送人的。

我说，不会的，不会的。我不知道怎么哄小孩。一时间心烦意乱。我不由得多出一个心眼，难道陶安真想把龙龙丢给我？一个沦陷在情欲里的女人什么事做不出来？父亲当年不就是为了一个女人把我和母亲抛弃的吗？看她刚才那副打电话的德性，自己累得跟条狗一样却还在向对方讨好，对方似乎是不能接受孩子的，只是她在一厢情愿的争取，以她这种不强硬的态度，这种争取也是疲软的，在软磨硬泡下多半是会瓦解妥协的。这个没心肝的女人。看着一旁哭闹的龙龙，我焦头烂额束手无策。假设真的如我所想，那么陶安还是很会打算盘的，她刚不是在电话里说他爸爸也不要他吗，如果她要跟对方组建一个家庭，对方强硬地不想要她带来的孩子，那么把孩子托付给我是最好的，我是孩子的亲姨妈，总比胡乱找个妈要强。

我再次给陶安打电话，依然是在通话中。我将手机一把扔在沙发上，我为自己昨天答应接受她们母子俩而后悔。如果说我心里对亲情还隐藏着一点念想，那么现在已经荡然无存了。我觉得陶安就是他妈的一骗子。从她在她母亲的肚子里用羊水泡着的那刻起她就是个骗子，骗子！我的眼里流出泪水。在这个哭闹不休的小孩子身上我发现了我的狼狈。一个年近四十的女人还是个处女的狼狈，一个年近四十的女人还没有结婚成家的狼狈，一个年近四十的女人还没有哺育幼小的狼狈。这时电话响了，龙龙的哭声也停了。我奔向沙发，手机上却是一串陌生的号码，我迟疑着接了。是男人的声音，他问是陶平吗？我说是，你是？男人说，姐，我是田文军。我说，田文军？我在记忆里努力搜寻这个名字。龙龙走近了，说，是爸爸，是爸爸。哦，我终于想起来了，田文军，那个矮个子，黑面孔，一脸稚气的小伙子。田文军似乎听见了龙龙的声音，说，是龙龙吗？我将电话递给了龙龙，龙龙“喂”了一声，鼻子里吹出个气泡来，然后哈哈大笑，叫着爸爸爸爸。龙龙在电话里说，爸爸，我们在姨妈这里。妈妈在下面打电话，还没有上来，她在跟林叔叔打电话。龙龙说，爸爸，你来接我，你不要我了吗？妈妈说你不要我了，妈妈说要把我卖掉。

我说，不许瞎说。

龙龙对我吐了一下舌头。我听到电话里面说，她敢，她要把你卖掉，爸爸宰了她，把她扔进长江里喂鱼。

我说你要宰谁？你要把谁扔进江里去喂鱼？田文军愣了一下说，姐，开玩笑的，开玩笑的。哄小孩子的话，你别当真。

田文军说，姐，你住哪？告诉我地址我想过来跟陶安谈谈，只要陶安回心转意我愿意接她们回家，我愿意跟她过日子。

这个男人的大度令我肃然起敬，陶安果然没有看错人，自己出了轨给男人大张旗鼓戴了顶绿帽子，男人还能不计前嫌，留条后路让你回去。陶安好福气，我心里有些嫉妒陶安，这个烂女人，居然前能着村后能着店，就跟父亲一样，都已经跟别的女人过上日子了，可我母亲却还为他守着传统的贞节。我告诉了田文军的地址，我还说了很多赔礼道歉的话。陶安给人戴绿帽子了，娘家人总是理亏的。

3

在我的青椒肉丝面摆上桌后，我才听到门铃响，陶安才到屋。她精疲力竭地将行李一件一件挪进屋里，她的羊毛围巾解开了，外套的拉链也拉下了，都敞着，她身体的热气扑面而来，健康的年轻的饱满的充满欲望的热气，这热气让我想到了电动马达之类的器物。我不得不承认她是充满魅力的。她的情人一定是潇洒多金的，年龄绝对比她大十岁以上。这世上，年轻的都在奔命，谁有闲钱去找小姐洗脚按摩，只有有钱的中老年男人才会花钱去寻快活，找刺激。

她把行李放置妥当后，便从包里拿出黑色的手机充电器，两眼像老鼠似的扫视我房子的墙壁。她问，姐，哪儿有插座？

我说，没了手机你活不了是吧？

她没回答我的话，她发现了鞋柜上面有个空余的插座，她走过去将充电器插在上面，然后是手机开机的声音。伴着这种声音，陶安绷着的双肩忽地落了下来，脸色的神色也变得舒缓。她将手机小心翼翼放在鞋柜上，然后转过头对我笑了笑，说，姐，不好意思，给你添麻烦了。

她的客气让我的心莫名一软，体谅了她许多不能说出口的苦衷，我说，赶紧吃饭吧。中午简单点，晚上我再做两个菜。

在她捡起筷子绞起一箸面条递进嘴巴里的时候，我说，刚刚龙龙的爸爸打电话来了，他可能明天就过来，他说他要……

我的话还没说完，我就听到陶安猛烈的咳嗽声。她的脸涨得通红，连眼睛也是红的。她呛着了。她的慌乱让我意识到她极度不愿见龙龙爸爸。

她说，我跟他已经没有什么好谈的了。事情已经到了这步田地，我不可能回头了。

我说，龙龙爸爸还是希望你能回心转意，他可以不计前嫌。

她说，你不了解他，他的心才狠，前些时我要出门，他居然把龙龙衣服脱光了把他赶出来，他说要走就带龙龙一起走，不要把个拖油瓶甩给他。那天起好大的北风，把龙龙都冻感冒了。

我说，你怎么不想想你自己，是你背叛家庭在先，你给男人戴绿帽子，这对男人是多大的侮辱，你自己把事情做成这个样子了，人家还能给条路让你回去，这已经够对得起你了。

她不再说话。面条也没吃完。她又变成一副魂不守舍的样子，她离开餐桌，撤退到沙发上，装模作样喝了口水，然后就走向了鞋柜，摁开了手机，手指在手机上跳动起来。看她握着手机一动不动的贱样子，我又气又恨。屋子里一下子变得很安静，只有墙上的钟表发出"噌噌噌"的声音。龙龙忽然扭头对我笑了一下，然后又害羞地转过头去。我问龙龙，爸爸妈妈你最喜欢谁？龙龙说，都喜欢。我说，如果只能选一个的话，你是选妈妈还是选爸爸？陶安似乎也对这个问题很感兴趣，她停止了手指的拨弄，望向沙发这里。

龙龙低下头将手里的蜘蛛侠转来转去，过了一会儿说，我要爸爸妈妈在一起。忽然龙龙哭了起来，他说，我不要爸爸妈妈分开，我要爸爸也要妈妈。陶安走了过来，将龙龙接了过去，说，你昨天不是说跟妈妈吗，你怎么说话不算话？龙龙在陶安的怀里踢腾起来，哭喊着，我要爸爸妈妈在一起，我不要跟妈妈一个人，我要爸爸妈妈在一起。

龙龙的哭闹令陶安很烦躁，她一手抱着龙龙，一手握成拳头朝龙龙的背上揍了两拳，吼道，哭哭哭，再哭，把你丢到江里去，你这个王八蛋，你这个没良心的。两拳下去龙龙的哭声越发地大了。过了好半天，龙龙的哭声才小了些，趴在他妈妈肩头沉沉睡去。待龙龙熟睡后，我说，陶安，坐下，我们聊聊吧。

陶安朝鞋柜看了一眼，最后还是坐在了沙发上。我给她冲了一杯速溶咖啡。客厅里弥漫一股煳锅巴的苦香气。龙龙的呼吸声和钟表的“噌噌”声融在了一起，电暖炉的温度也升高了，暖意使得这狭小的空间有了家常温馨的景象。如果没记错，陶安今年应该二十二岁了。陡然降临的陶安和她怀抱里的孩子都提醒着我，我已经落在了时光的深处。我和她，面对面，静静的，就像两棵树，在光阴的面前，她已经抽枝发芽，而我却是光秃秃的。她令我胆怯、心慌。

是要谈一谈的，可是我不知道该从那一句开始。我咳嗽了一声，我问，非要离婚吗？你是有孩子的人。

陶安不说话，两只手在大腿上绞来绞去。她的指甲修剪的方方正正，涂了蓝色的蔻丹胶，在扭动的时候就会有闪现出微弱的胶质样的光。

我问，你现在找的这个是个什么样的人？你看准了吗？

她说，他对我很好，其实对龙龙也很好。经常给龙龙买东西。

我冷冷一笑，说，再好能好过亲生父亲？

她又不作声了。我问，那个人叫什么名字？多大年纪？很有钱么？是老板？还是官员？其实我一开始就对这个问题有兴趣，只是找不到合适的机会。她说，他叫林大庆，二十岁。

我说，二十岁？我有点不相信自己的耳朵。是富二代？还是官二代？

她开始抠指甲，大拇指上的蔻丹胶已经被她抠得一片狼藉了。她说，不是你想的那样。他父母都是下岗工人，现在他爸爸在县城跑摩的，她妈妈在人民医院做保洁，他在一家户外广告公司做安装。

这与我之前猜测的相距甚远，她并没有傍上大款。我点燃一支烟。如果她是真傍上了大款或是高官，我会象征性的谴责她几句，然后半推半就地让她心愿得逞，拣高枝飞也算是女人的前程，我没有必要阻止她去过阔日子。我甚至还卑鄙地想着，她混好了，以后说不定还能照顾到我。可是她选择再婚的人却是这样的条件。一个三岁孩子的母亲了，还在城堡里做着爱情的梦。真是可笑。

我说，你大张旗鼓出个轨，背个不守妇道的骂名，落个离乡背井的下场就为了一个屁事不懂的穷小子？你疯了是吧，雀儿都知道拣高枝飞，你连个雀儿都不如。猪脑子。

这时，鞋柜上的手机响了，是有短信进来了。陶安立刻从沙发上站起。我火了，我说，不许去。陶安站住了。又一条短信进来了。陶安一脸焦急，拿眼神哀求着我。如果我们是同父同母的亲姐妹，我想我会扇她的。因为我们隔着两层肚皮，又有着长久的生疏，我只能跟她保持客气。她是让人生气的，荒唐无知令人生气，自轻自贱令人生气，头脑简单令人生气。一连有四条短信进来了。她立在沙发边上像一只得了狂躁症的狗。她叫，姐。我说，给我坐下。她没有坐，她说，大庆今天会来武汉的。他说他有个表姐在汉正街做服装生意，他来给她表姐帮忙，他说等他安顿下来了就会接我和龙龙过去，他说他还要给龙龙找幼儿园呢。

我说，对了，你跟那个林大庆，林大庆爸妈知道吗？同意吗？

她又不作答，低下头又去抠指甲去了。哼，用屁股想都知道人家父母是不会同意的，一个正经人家，怎么会允许自己的儿子娶一二婚媳妇，还带一拖油瓶呢？贴钱贴米替别人养儿子？她跟林大庆怎么会有结果？这个执迷不悟的蠢女人。这样一张底牌也值得她背叛自己好端端的家庭？

我说，明天龙龙爸爸就来了，你必须得跟他回去，你也必须得跟这个叫林大庆的断绝关系。别怪我没提醒你，我可以明白地告诉你，你选择林大庆那就是自寻死路。到时候过得不顺意，你难道又要离一次婚吗？左一遍离又一遍离，离一次掉一次价，你越发找不到称心的。

她的气焰终于矮了下来，坐在了沙发上，一脸戚色，两眼盯着厨房的窗户。屋里的光线也暗了下来，有了一大片的阴影，我们在这一片阴影里僵持着，我的茶冷了，她的咖啡也冷了，那股子烧煳了的苦香气还氤氲着。

这时躺在鞋柜上的手机响了，是庞龙的《两只蝴蝶》：亲爱的，你慢慢飞，小心前面带刺的玫瑰。陶安从沙发上弹跳而起，像革命者听到党召唤，箭步冲向鞋柜捧住手机，急急地贴在耳朵上，“喂”了一声后，就泪如雨下。对着手机急急地说，不是不是不是，不是的，你听我解释。陶安朝我看了一眼，显然她是在忌讳着我，有我横在客厅里，她不知道该怎么跟电话那头的人解释半天不回信息的原因。

我忍无可忍，将烟头狠狠摁熄在烟灰缸里，然后转身进了卧房，将门重重地关上。去他娘的两只不要脸的蝴蝶，一对狗男女。我像一只斗败的公鸡落魄地坐在床头。窗外暮色四合，许多窗户里都亮起了灯。各种颜色的灯，白的、红的、黄的、紫的、蓝的。很多个夜晚，我都是立在窗户边欣赏别人家的灯光来打发漫漫长夜的，直到这些灯光次第熄灭，直到深夜的来临，直到这座城市停止骚动，我才肯倒床睡下。我自己都不知道我如此固执地立在窗口，是在渴盼什么，我只知道年纪越大我越难对抗这可怕的深沉的寂静的长夜。

现在我立在窗口等待对面楼里亮起一盏又一盏灯。

4

我听到客厅里传来“咚”的一阵响，接着是龙龙的哭声。我开门出去发现龙龙从沙发上掉下来了。我叫陶安，没人回答。我将灯打开，客厅里没有人，鞋柜上充电器还在但手机不在了，那线如孤魂野鬼吊在插座上，我推开卫生间的门——空的，厨房——空的，阳台，也是空的。这个女人握着手机出去了。

我抱着龙龙给他揉脑门，他哭着要妈妈，我不知道该朝哪儿去找他的妈妈，我只能任他哭喊。他终于停下来了，他说他饿了，又要看电视，我帮他摁开电视，然后就到厨房去了。我不知道该给他做什么吃，我压根没心思弄吃的，胡乱打了两个鸡蛋给他蒸上。我不知道陶安要带给我什么样的日子。从早上出发到车站接她到现在，我有种深深的疲倦感，挫败感、乏力感、无助感。我只希望她能快点离开我这里，任她去嫁狗嫁鸡。

姨妈。龙龙在外面叫我。

我出来问，有事吗，龙龙?

我要尿尿。

待我牵他的手打算领他去卫生间的时候，我发现地板上有一摊水，我伸手摸他的裤子，他裤子已经打湿了。

小东西自己觉得不好意思，低下头一个劲儿朝我怀里拱，小脑袋拱的我怀里热腾腾的，我的内心一瞬像棵水草一样柔软，像是有什么东西要融化似的。我望向墙边几个行李包，问，龙龙，妈妈给你带换洗的衣服没有。龙龙点点头指了指那个红色的帆布包。我过去打开拉链，在里面翻腾出一条小秋裤小绒裤和小仔裤，那条褐色的小仔裤被什么钩住了，拽了几下没拽动，我便将上面几层衣服都扒了出来，原来是线头被相框的金属扣给夹住了，我将线头从金属扣里绕了出来，顺手将那个相框翻了个面。忽地，我的心颤了一下。

这是陶安自己做的一个全家福，她和她妈妈还有父亲是一张照片，我是一张单人照，在这两张照片的空隙里，陶安用水性笔画了一只手臂，看上去仿佛这只手牵着我的手。这张照片里陶安大约才十岁，而我已经二十七岁了。我从她生下来就开始当她不存在，而她却一直伸手将我牢牢抓住。这黑色的一只手臂，有蛛网的效果，网住了我陡然生出的温暖。我想这一定是父亲教育的结果。是父亲将我这个姐姐强行推进了她的骨血里。

我将这相框放回原处，这也许是陶安的一个秘密，我不想让她察觉出秘密被发现的痕迹。拉上拉链的时候，我的心有种被填满了的感觉。

我将怀里的这团热烘烘的肉抱到卧房里，给他换上干净的裤子，我用手挠他的脚板，令他笑着在床上滚过来滚过去，这个香喷喷的小人儿，我猛地抱住他，在他脸上亲了一口。心里有一闪念，如果父亲和奶奶在，看到这个小人儿会是怎样的光景，一定是欢喜的。一时间我的眼里有了些湿气。我拉开梳妆台的抽屉，将昨天买的麒麟锁拿了出来，戴在龙龙的脖子上，银器在灯光下闪现出亮白的毫光。

客厅的门被推开，陶安进来了。她穿着一件掐腰的红呢子大衣，白毛领，黑色铅笔裤，脚下高跟鞋，锃亮的。眉毛画过了，眼线描过了，嘴唇估计也是画了的，只是那抹红残了，淡了，是她吃东西吃淡了，还是有东西吃她吃淡了我不好猜测。而且她回来并没有急着给手机充电，证明不是出去打电话去了。看样子，那人也没有给她带来什么好消息，从她推门进来那副夹着尾巴做人的样子，我就知道她今天晚上是无法在我面前斗起狠来。她还得选择在我的屋檐下低头。我忽然想对她好一点。

我问，林大庆来武汉了?

她说，嗯。

我问，他跟你怎么说的?

她说，他跟我说他先去找他表姐，先帮他表姐干活，然后再找住处，把我跟龙龙接过去。

我问，你吃过饭了吗?

她不作声。过了一会儿，她说，不饿。

呵呵，不饿。我心里冷笑。怕是他连请你吃碗热干面的钱都掏不出吧？

她说，他是打破了家里的窗户逃出来的，手上被玻璃划了好多道血口子，他是央求他做物流的朋友，睡在装货的车厢里来的武汉。他也是不容易。

我说，你容易？

她去了趟洗手间，然后她问我，你们这儿附近有洗浴中心吗？我想找活儿干。空玩，心里总不踏实。

我从她的话语里揣度出了她经济上的拮据，刨一爪吃一爪的人是不能闲的。我的心又软了一下。在这个世上，漂亮的女人都有大树可以背靠着乘凉，她没有，她还得伸长手臂去为别人遮风挡雨。我忍住自己的情绪，决定不再责备她。我说，附近倒是有几个，明天再说吧。

她很急的样子，说，洗浴中心大都是晚上生意好，现在去吧，还可以看下客流量。

反正都还没吃饭，刚好去外面把肚子问题解决，我便同意了。她在抱龙龙的时候发现龙龙的脖子上戴着的银麒麟，问龙龙，这是谁给的？龙龙说，姨妈。陶安朝我笑了笑，说，谢谢姐。

陶安不肯在吃饭上浪费太多时间，我便在一家洋快餐店里买了三个汉堡和鸡腿出来，边吃边走。

记忆中左边靠长江大桥那条街上有几家洗脚城和洗浴中心，街上有点冷清，一幅城管光顾过的景象，往常像这个时候街两边都有摆地摊和卖烧烤的，很是热闹，我还打算给龙龙买把玩具手枪的，这点小心思落空了。路上她跟我说起她跟林大庆的事儿。她说她结婚后，她老公就没有在洗脚城做事了，田文军觉得一个男人在洗脚城成天给人捏脚不是长远之计，便寻思着做生意。起先是卖烧烤，每晚推着铁皮炭车在街角旮旯卖烤羊肉串和鱿鱼串，烟熏火燎的赚不了几个钱还成天被城管追着屁股跑，烤了半年这买卖也就黄了。后盘过一家洗脚城门面，不到半年赶上拆迁，一夜间店门口砌出一堵墙来，然后各种建筑垃圾横在店门口，一桶桶泔水和搜饭往店门口倒，成天苍蝇成堆，谁还来洗脚，找拆迁办讨说法，拆迁办的说这条街的门面早在一年前就把拆迁赔偿款给付了，去找之前的门面老板，打手机已停机，拿了当初的合同上签的名字和身份证去派出所查，结果是查无此人。被骗了。后来，田文军就死了在城里混的想法，回郧县老家农村去养鸭子，买了两百只鸭苗，每天背着一竹竿，沿着河滩放鸭子，卖鸭子卖鸭蛋，头一年小赚了几个钱，尝了甜头，第二年买了四百只鸭苗，结果遇上禽流感，他的鸭子被当地政府挖了个大坑给一齐活埋了。白忙活了大半年，可是田文军却对放鸭子上了瘾，一心一意在老家做他的鸭倌。隔三差五田文军就打电话给她，讲话的声音都跟鸭子似的，嘎嘎嘎，他总是不断伸手向她要钱，鸭子走瘟症看病要钱，修鸭舍要钱、把鸭子运到集市上去要钱，钱钱钱。

那时陶安就在我们县城的洗脚城里给人捏脚，县城消费低，捏一只脚三十元，店家得二十，捏脚工得十元，捏一只脚要一个小时，蒙店家照顾，有了生意尽量点她的钟，但一天也就差不多捏十个脚，捏脚是力气活，一天捏十次，劳动量就算大的了。一个月也就三千来块钱。当然，还是有外快的，洗脚的时候如果向客人成功推荐了洗脚用品是有提成的，这些加起来，一个月差不多就有了五千来块，这些钱除了糊自己一张嘴外，其余的都被田文军给要去了。

陶安说这些的时候不自觉叹了口气，那气叹得无奈也叹得沉重。她说她每天十个手指头泡在水里给人洗脚搓脚捏脚，是希望能多存点钱，以后寻思着在那个地方再开个洗脚店。可是自己每每攒着攒着就被田文军一筷子夹了。她说，那些钱装在口袋里跟自己的亲人一样，被人一下子拿走就跟在我身上挖个坑一样。他拿这些钱投鸭子，还拿这些钱修他老家的房子，外面贴的瓷砖，里面铺的地板，热水器、空调什么的都装的，说是为我装的，可我一年能住几天，而且我们将来要在城里做生意肯定就得在城里买房子，把钱投在老屋里不等于是打水漂吗？可是我跟他讲，他就说我小气，他说他爹妈养了他，如今他爹妈老了，把房子弄好让两老享享福又怎么了。每次吵架，龙龙就会在一旁哭，他害怕我们吵架。为了不吵架，我只能尽量少回家，眼不见心不烦。

林大庆其实是我们店里的一位客人，以前我们开店子的时候他就经常去照顾我们的生意，田文军也认识他，后来，田文军回去养鸭子了，我另寻出路，他又赶着过来点我的钟，每晚都来，因为是熟人我也很喜欢跟他洗脚，捏脚的时候两人说说话挺自在的，后来，我给他捏完脚了他也不走，就坐在一旁看电视，等我下班，我如果上夜班的话下班是很晚的，他守得哈欠连天叫他走他就不走。有段时间回家的路在重修，把路灯的线挖坏了，晚上黑灯瞎火的，加上是背街的路，很冷清，一个人走心里还是有点打鼓，亏了林大庆每天晚上都把我送回到我住的地方，刮风送下雨也送，有一次还真遇到了两个小混混，其中一个亮出一把明晃晃的匕首要我们把钱包交出来，我当时吓得不行了，准备把钱包给他们的，钱包里是刚领的五千多块钱的工资。林大庆跟那两个小混混打了好半天，才把那两人打走。人心都是肉长的，人家在我面前连命都可以不要，我还能说什么呢。何况我还是很喜欢他的。

我没有说话，一路上都是她在说，我在听。身后的路灯将我们的影子拉得很长，陶安个子并不高，而且瘦，肩膀窄，看起来人就显得很单薄，这样一副肩头上却压着整个家庭的担子，公公婆婆丈夫儿子还有那些数不清的鸭子也问她要吃的。

到了一家洗脚店了，这家店门脸不大，招牌也不怎么显眼，一圈 LED 小灯安装的抠抠缩缩的，不过门前还是有招聘的公告，急聘洗脚技工。我从来没有来过这种地方，在我眼里这种地方都有藏污纳垢的嫌疑。我抱着龙龙陪着陶安一起走进去，有服务生鞠着九十度的躬请我们上楼，像没有解放的西藏农奴。我为我的口袋支付不起这样的热情而感到胆怯。我连连说，我们不是来洗脚的，是来找工作的。小伙子就显得有点冷漠了，他把我们带到了旁边一间房，叫了声吴经理，有人应聘。那个吴经理从电脑上的扑克牌上抬起头来，问是谁找活？陶安说我。油光满面的吴经理顿时像太监似的冲陶安欠了欠身。陶安坐在沙发上动也没动。她不是在求职，是职在求她。不像我找工作，处处都是爷。吴经理问她，做了几年了？陶安说，五年了。吴经理满脸堆起笑来，说，好好好，是老技师了。陶安问，你们这里工资怎么算？吴经理说，客人洗脚是一个小时，收费是四十，技师抽十五元，推销产品的另外按照推销价格提成。趁陶安转眼珠子的当儿，吴经理又赶紧说，我们这里有的技师做得好的话，一个月六七千的都有，其实像你的话我建议你可以到洗浴部做泰式按摩日式按摩，你如果不会，我们可以教你，保证你两天就能上岗，做按摩一个小时是一百五十元，技师可以抽五十，份子钱高一些，赚得就多。那个吴经理说完后笑眯着眼，一脸期待地等待着陶安的意见。我虽然没有做过泰式按摩，但是混在城市里，总还是有所耳闻，有时候单位的男同事互相帮了忙，就会在下班后把手搭在肩上，说，走，我找个漂亮妹子给你按个摩。说完还嘿嘿地笑，男人只有在说到下半身乐趣的时候才会有那种笑声。我将头埋在龙龙衣服后面的帽子里，我跟那个吴经理一样也在等待陶安的回答。我心里跟陶安算了一下账，如果她选择做按摩一天五百的收入应该是没有问题的，那她一个月就可以拿到一万五千块，可以轻而易举地成为城市里的高收入人群。这是很有诱惑的。大约五秒的沉默。陶安很清晰地回答了吴经理，她说，不。

我们又去了另一家，这一家阔气些，门前有对石狮子，大厅里装修的金碧辉煌，看上去很高档的样子。同上一家一样，依然是巴结讨好的经理，冷漠淡然的陶安，说到底，这还是风月场所，漂亮是能换饭吃的，像陶安这样标致妩媚，浓妆淡抹皆相宜的女人那就是棵摇钱树。我刚开始以为陶安的工作会很难找，现在才知道，像她这样的无论走到哪都饿不死的，只要这张脸还在。在这里，那位管招聘的经理同样劝陶安到洗浴部，这里的洗浴部，泰式按摩日式按摩是三百块一个小时，按摩师可以抽八十，推销产品另外算，一个月轻轻松松挣两万。陶安依然很响亮地回绝了。往回走的时候，我对陶安说，你为什么不做泰式按摩呢?

陶安说，你不懂。

她这么说，我立刻就懂了。就算那种按摩会擦枪走火有性交易，可又怎样? 只是我不好再说什么。其实陶安不用介意的，我倒希望陶安能去做什么日式按摩，月式按摩，钱多呗，这个世界谁还在乎一个洗脚妹的贞节，黄泥巴跟屎在一起，还不如就成了坨屎算了，至少没人敢随便踩。这一行也是吃青春饭的，陶安现在是年轻，可终究会老的，不可能到了三十岁了还去端个洗脚盆给人洗脚捏脚吧，我撇眼看那些角落里受培训的小姑娘，都只十六七岁的样子，她们眼神生涩，穿着打扮都还流露着一股乡野气，这行里年轻姑娘也如韭菜，一茬接一茬，陶安的出路就是趁年轻多赚点钱，为以后的生活不说铺条金光大道最起码也要康庄大道吧，不能一味地只顾眼前，不为长远的将来做打算。

龙龙已经趴在陶安背上睡了，我们往回走，彼此再也没有说一句话。风吹着白杨树，一片巨大的哗哗声。

5

第二天，我把家里钥匙给了陶安，把煤气水电简单交代了一番就上班去了。刚在办公室里坐下，手机就响了，是田文军打来的，他说他已经到武汉了，问我住哪？我告诉了他地址和门牌号，我建议他坐的士过去，武汉的公交车走在路上就跟跳探戈一样，堵车堵得走三步就得停一下，瞎耽误工夫。我希望他能尽快解决他们的矛盾，好早点把陶安娘俩接回去，生活虽然不尽如人意，可日子还得过下去，谁的日子不是皱皱巴巴的。对于生活给予人的苦难与痛楚我已经麻木了。

一夜之间，我似乎对陶安又有了新的看法，从心底里升腾起的那股微弱的亲情忽地就灭了。也许是我与她相隔得太久。一个人到一个人的内心是最远的距离，虽然她近在我的咫尺，可是我与她之间却横着许多个山头，不是她扑面而来就能撞倒我内心深处的软肋，那些尘垢在十六岁那年就在累积，累积了整整二十多年，已成为块垒，岂是一朝一夕就能撼动得了的。虽然年纪的增长，我的内心有了柔软的迹象，可那些骨头和棱角还在。我自己也奇怪怎么会是这样。我像一只老龟，背着厚厚的壳，一有动静我就把头缩回去了。这世上没有什么东西值得我信任。

晚上我选择了加班。我想象陶安、田文军、龙龙一家三口此刻坐在我的沙发上，看着客厅里那台电视，电暖炉开着，小点心吃着，小茶喝着，我虚构的这景象令我有点沮丧。我把手机从包里拿出来看了看，没有未读的信息也没有遗漏的电话，我不知道他们此刻在干什么，我将手机放在办公桌上。那一刻我希望有人来打扰我。偌大的办公室人去楼空，透明的幕墙玻璃杀死了外界的喧嚣，室内有种真空般的寂静，那些绿萝和散尾葵一千年不变的样子立在角落里，那那都是安静的。在一切都静止下来的时候，我有种强烈的孤独感，我觉得我被抛弃了，我被人遗忘在这个死角里。我折回到办公桌上拿起手机，在通讯录里翻着号码，从头翻到尾，却找不到一个可以说话的伴，这些年我从不主动去联系一个人，我对人有种恐惧，人善变又无耻，自私又狭隘，他们接近你的时候什么大话都敢说，背叛你的时候什么事都做得出来。三十八岁的年龄对于一个还是处女之身的女人来说接近是讽刺了，当初蝶啊蜂啊都飞走了，那些被金钱污染的男人们觉得跟老女人上个床，是一种恩惠，是瞧得起你。他们言之凿凿，这世上就没有钱砸不开的女人大腿。大抵像我这样的老处女不值得他们砸很多钱，大抵我觉得我的大腿不是光靠钱就能砸开的。在这个喜欢吃快餐的时代，我这双有很多奢望的大腿已经不能引来男人的兴趣了。

夜幕降下来了，玻璃幕墙外灯火璀璨，各种高层建筑的装饰灯、路灯、发光字、各种招牌、广告牌、马路上来往车辆的车灯，这些光有的结成同谋，有的结成仇人，有的抱团有的厮杀，在城市的各个地方血流成河，到处都是光的尸体。我将头贴着玻璃，看着这个光尸遍野的城市，我想起了我曾经生活过的栽满野菊花的小院子，会想起父亲想起母亲，那些曾有过的欢乐的时光，可是它们都被父亲生出的二心扼杀了。这些年过去了，其实我对父亲的恨已经消失了，可当年的残垣断壁还在心里，堆成了荒冢。

陶安没有打电话也没有发信息，我想他们一定已经和解了。这样的事只要一个肯生出海量包容就行。毕竟有孩子，毕竟是个家庭。我决定回去，我没有理由不回去。

出了门才知道下雪了，这是武汉的第一场雪，雪飘得不大，稀稀落落，但寒意很浓。走了半个小时才到自家楼下，我仰头一看，我家的窗户有灯。这是十多年来的头一次，这光令我心头生出暖意。

推开门，客厅里坐着一个穿蓝色羽绒短装的年轻男子，他正对着电暖炉烤鞋垫，屋子里一股脚臭味。不见龙龙和陶安。那年轻男子站起身叫了我一声姐。我说，是田文军吧，你好。坐吧。吃饭了吗?

吃了，在家里做的，给你留饭了，在锅里热着呢。快去吃吧。

我问，他们呢。

田文军说，龙龙在睡觉。她? 她吃完饭就拿着个电话出去了，一直到现在，鬼知道她在干什么? 田文军很是不满。

我皱了一下眉头，她准是跟那个叫林大庆的人联系去了，外面下雪了也挡不住。这个着了魔道的女人。我对田文军歉意地笑了笑，他很木讷地向我点了点头。我不饿，所以不着急吃饭。我坐在他对面沙发上。电暖炉高档的光映照在他脸上，烤得他的脸红红的，这个小我十多岁的小男人眼角和额头居然有了深深的皱纹，两只眼角的鱼尾纹和眉间的川子纹如石刻一般。他的身上隐隐藏着鸭毛的腥味，他的眉头锁着，嘴唇撅着，仿佛鸭瘟都染在了他的脸上。我尽量不去看他的头顶，因为我总觉得他的头顶闪着绿色，我替他心虚。

那只电暖炉他一个人霸占着，丝毫没有谦让的意思。我的双手在他面前搓动，他依然纹丝不动。他把他的鞋垫在暖炉的钢罩上翻过来翻过去。让我感觉他的内心一定也在翻过来翻过去。

虽然我不喜欢他烤鞋垫烤出的脚臭味和他身上夹带着的鸭屎味儿，但我不能表示出对这种臭气的嫌恶。这个新时代的鸭倌。想着他染了瘟症的鸭群和他头顶的那只绿帽子，我从心底对他生出一种同情也生出一份歉疚。

我坐下来不知道跟他聊些什么，但又不能不说话。我说，听说你在养鸭子？嗯。他答应了一声，接着便跟我谈起他的养殖发财梦。一副受传销蛊惑的狂热。他说他是他们村里最大的麻鸭养殖户，养了上千只鸭子，村里镇里都把他当做养殖致富的典范，县里、市里省里来了检查组镇里一般都会把他的鸭棚作为一个实地参观的点，有时还会在他家里安排一顿便餐，宰杀几只活鸭吃吃。村里规定他接待检查组接待领导的鸭子得跟其他鸭子分开来，不能用饲料，得用青菜和谷子喂养，现杀的土鸭配上乡里的柴火大灶，爆炒或清炖，那味道自是没得说，连烟道里走出的烟都是香喷喷的。乡里对他的感谢也就是到年底会用车给他拖几箱好酒好烟好茶和水果，村里人围在车跟前，你一嘴我一嘴地替他清点着礼箱，米几袋，油几壶，烟几条，茶几盒，人群里总有人发出羡慕的啧啧声，他们都觉得狗日的田文军有板眼，出息了。田文军觉得自己成了体面人，觉得自己跟乡里的头头们都有了交情，再也不是当初给人端洗脚盆给人捏脚的底层技工了。这几年他养鸭子养上了瘾，死了买，买了死，他从未在鸭子上面仔细算过账，但是人们看到的是，他家的老房子推了，盖了新楼，还是仿造城里别墅的样子盖的，里面电话空调热水器液晶电视笔记本电脑都有，从裤兜里掏出手机也是时下最潮的苹果，俨然一副劳动致富的模范典型。田文军不断跟我讲他见过县里市里甚至省里谁谁谁，有谁谁谁在他家里吃过饭，跟他握过手，仿佛知晓很多事情的门道。看他环视我屋子的神情，似乎对我蜗居在这样一栋格局老旧的二手房里很是瞧不上眼。

我有些气短。对于出嫁的女儿，娘家是她背后的一座山，我和我这个破屋子显然不能为陶安撑起多大威风。我从抽屉里拿出一盒烟，给田文军让了一支，我自己点燃一支。有些事我得琢磨琢磨。

田文军在我面前数落起陶安。他说，姐，你真不知道陶安有多懒，每次回到家里什么事都不做，睡觉睡到被窝冷了才起来，我爸妈这么大年纪了还来伺候她，给她做饭洗衣，这都不说，她还挑挑拣拣，这也嫌不好那也嫌不好，我爸妈吃了亏还讨不到一声好，不知怄了多少冤枉气。他吸了几口烟，人有了神，说起陶安的不是来越发有劲了。他说陶安就是只瓷器夜壶，只管好看，并无多少用神。田文军还说当初娶她的时候，陶安没有要什么彩礼，还以为自己好福气白捡了个漂亮媳妇，现在回头一想，这世上的东西便宜无好货。她现在在外面做事，每月都有活钱，可她掌中带缝是个漏财货，花钱大手大脚，随便买件衣服就好几百，买个擦脸的香香也是好几百，结婚这么多年了，就没存下几个钱。这都算了，她居然还不把我当人，给我戴顶绿帽子，不是看在孩子的份上，我才不想受这窝囊气，我现在低头了，她还尾巴翘上了，欺负人也不能这么欺负吧。离婚能吓唬谁？我一男的我怕离婚吗？姐，你说，现在这世道，有几个男的怕离婚？

我默不作声，我不知道该如何回答。如今，稍微有点本事的男人离婚了找的全是比自己年轻十几二十岁的女人，年龄差距越大越荣耀，显得自己多能似的。而离婚的女人确实是不好找，带了孩子的女人更加不好找，找个条件好的，人家不干，找个条件差的，自己吃亏。离婚的女人就是碗夹生饭，带着孩子的女人更夹生。田文军烤完鞋垫，索性将双脚从拖鞋里拿出直接踏在钢罩上，一点也没有乡下人走城里亲戚的拘谨。田文军还在继续追问我，我只得嗯了一声。他说，更何况陶安找的是那样一个人，比他小两岁不说，而且还是个小混混，又没正经工作，一天挣的钱不知道能不能填饱肚子。他哄了你妹大半年，没送过你妹任何礼物，估计你妹还得倒贴人家。她现在是灌了迷魂汤了，你是旁观者，你想想，她要把我不要了，她跟他就能有个好结果吗?

我叹了口气。田文军分析得也正是我对陶安的担心。朝目前来看，田文军虽窄，但毕竟是条路，林大庆就是条死胡同。她只能待在原处维持一个完整的家庭。

我虽然讨厌这鸭倌，可是我还得跟他站在一条道上。

听见敲门声，是陶安回来了。穿着一件白色的棉袄，围着一条红羊毛围巾。裹着一团冷气走到沙发旁，叫了我一声姐后就坐下了。她将电暖炉转了个方向，然后将手贴上去。她的手僵硬发乌，定是冻僵了。她的脸上带着些怒气。她问田文军，龙龙呢? 田文军说，睡觉。田文军说，你还晓得回来? 她白了他一眼，说，不要你管。田文军的牙齿在下嘴唇上咬了咬，颧骨都暴起了，但最终还是塌下去了。陶安起身将电暖炉的插头拔了，插在电视的插座上，这样绳子就留出了很大一段空余，她将电暖炉提到靠我这头的沙发旁，一副坐都不愿挨他坐的样子。那是一种从肉里面生出的讨厌。

田文军将双手在脸上搓了搓，又挠了挠了头，他在极力控制他的火气。陶安的电话又在响，是条短消息。陶安掏出来看的时候，田文军一把将手机夺了过去。陶安尖叫起来。田文军看了那条短消息后脸上的肉就垮了，胸部一鼓一鼓的。他的手指在屏幕上划了一阵，然后将电话放在耳旁。陶安吼道，你干什么？上前便要去夺手机。田文军胳膊一甩，陶安就跌在了沙发上。陶安小小个子在田文军面前就如一根柴火棒。手机通了。田文军骂了起来，林大庆，我操你老娘，你个鸡巴日的。田文军的胸部像打气筒似的一起一伏，他说，林大庆，你个小卵子，你搞我老婆，你他娘的搞我老婆，你他娘的欺人太甚，你还想怎样？从手机侧漏出的外音听得出林大庆也在叫嚣，也在骂娘。像一把刀砍在另一把刀上，都是硬邦邦的哐哐声。田文军冷笑一下，说，行啊，林大庆，你有种你跟老子过来，信不信老子一刀捅了你。老子一刀捅不死你，老子是牛鸡巴日的。陶安再次从沙发上起身去夺田文军的手机。她大声呵斥田文军，你要干什么？你把手机给我。田文军朝陶安横了一眼，眼睛眯成一条缝，缝里透出一股辛辣气。他推了陶安一掌，那一掌推得陶安连退好几步，最后撞在卧房的门上，弄得哐当一声响。陶安不由得叫了一声。田文军忽然咆哮起来，你丫的，你去死吧。“啪”一声，将手机重重摔在了地板上，手机壳散了，电池和卡掉了出来，一些零碎件也都溅出来，满地打滚。

陶安咬着嘴唇，很委屈但又极力憋着的表情，她看田文军的眼睛像两只烧红的炭棒，一副恨不得吃了他的模样。她走过去将手机和电池捡起来，把手机卡按在卡槽里，电池上上去，准备合盖的时候，田文军一只巴掌打下来又将手机打到了地上。陶安怒了，她挥舞着手臂，拳头雨点般的砸向田文军。

我坐在沙发上冷冷地看着这一切，就像我平日里立在窗帘后面看别人家的灯火一样。我心里如溃口一般涌动着各种心思。我恨着陶安希望她能得到点教训，可是我又不愿看到她如此被人踩到脚下，欺负到头上，毕竟丢的是陶家的脸。我看不惯她的丈夫，可是我得跟他结成同盟，将一个破碎的家庭捏圆，我们得压制陶安，牛不喝水强按头，要将这个犟女人制服。有了孩子的女人了怎么着都得为孩子想想。其实这两天也有亲戚给我打了电话，叫我劝陶安，亲戚们都觉得这事是陶安错了，是陶安不守妇道，偷人这么败坏门风的事还做得那么大张旗鼓，教坏地方，还有亲戚说得更难听，说陶安跟她妈一样都是只顾下面那张嘴快活的。他们将陶安贬损得如一块抹布。我多么希望父亲还活着，活着看到他的小女儿如此遭亲友唾弃和谩骂，看他因自己的不自重，生生毁掉了他手掌心里两颗明珠。哈哈，父亲。我的心里一片悲凉。

一个人的心意得不到成全，反而受到巨大的阻力，而且这些压力都打着是为她着想的旗号，那么这个人的心里该有多么的暗伤。

人生有许多说不出的疼痛，我也想让陶安尝尝。我坐在沙发上一动不动看着这场戏。当年她母亲怀着她跪在我母亲的脚下，虽然痛哭流涕，可那实际是不达目的不罢休的霸道，那就是一种欺负，欺负我母亲相貌平平，欺负我母亲没有文化，欺负我母亲配不上父亲。拆散我父亲与我母亲的婚姻，拆散了我的家庭。现在，我竟觉得这是报应。那么就扭打吧，打吧，打得头破血流，打得你死我活。人活着，哪有那么多的称心如意。

我突然十分恶心这对用力厮打的夫妻。他们货真价实的你一拳我一脚，让我窥探到了婚姻的肮脏与丑恶，当年的耳鬓厮磨转眼就到了鱼死网破。这个世界到处都是背叛与出卖。我的内心涌起一阵悲凉与寒意。我起身回到卧室，将这个战场留给他们，今晚如果要出什么事就出吧，人生有时候需要用悲剧来给人一点教训一点警醒，不能活得太随心所欲，不能活得太跋扈嚣张。

我推开卧室的门，看到床上的被子中间处鼓出了一个包。我掀开被子，看见龙龙穿着一套薄绒衣像虾子一样蜷缩着，躲在被子深处流泪。被子里热烘烘，却又带着潮气，我闻到一股异味，再看龙龙身下一大片湿痕，他尿床了。我叫了声龙龙。龙龙忽然爬到床头，将头埋在枕头下。不知道为什么，我的心忽然被拧成一团，有一种满满的疼，像是有什么利器划过了我的脏腑，我的心间荡起一阵一阵涟漪。我无法再坚硬。这可怜见的小东西。这么小就懂得了默默流泪。我记得我父亲与母亲离婚那天，我就把自己锁在小屋里哭了一整天，也是跟龙龙一样，藏在被子深处，觉得铺天盖地的黑暗才是一种彻底的安全。龙龙这么小就知道向黑暗寻求保护。

我将龙龙抱在怀里，他软软地任我摆布，像一只温驯的小羊羔。在床上的被子垫单和棉花毯统统换过后，我将这只小羊羔塞进羽绒被里紧紧裹住。听着动静，外面似乎没有舞刀弄棒了，改成了唇枪舌剑。每一次外面的声响稍微尖锐些，龙龙就习惯性地将头往我怀里钻，他小小的身子在被子里瑟瑟发抖。我问龙龙，龙龙，你害怕吗？龙龙轻轻地点了点头。龙龙问我，姨妈，爸爸妈妈为什么要生下我？龙龙的这个问题问得我喉头一阵发梗。父母相爱生下孩子，这样的关系以前在我看来是天地间最牢不可破的关系，是最可信任的关系。以前上街时我一手牵着母亲一手牵着父亲，走每一步内心都是满足的，踏实的，我可以在那两只手给予我的天地里任意撒娇任性，他们会为我遮风挡雨，我从未想过会有一只大手要撤离，仿佛大厦被拆了一面墙。我被父亲抛弃了。抛弃是这个世上最残忍最不负责任的一件事。它会摧毁一个人对生的所有希望，它会让一个人觉得这个世界是如此的冰凉与阴暗。那种冰冷与阴暗会刻在一个人的心上。我清楚地记得我就是那一年学会了抽烟，除了以这种堕落的方式宣泄恨以外，最主要的是那一闪一灭的红光能为我带来些暖意。

龙龙，爸爸跟妈妈要是真过不下去了，你是选择跟爸爸还是选择跟妈妈？

我要爸爸跟妈妈在一起，我不要他们离婚，我不要他们离婚。

龙龙终于大声地哭了起来。

田文军和陶安一齐推开卧室的门。他们都奔向龙龙。田文军摸了摸龙龙的头，说，儿子，怎么啦？告诉爸爸怎么啦？陶安霸道地将田文军一掌推开，说，滚，少碰我儿子。你这个疯子。

我忽然气往上撞。陶安是非要让这个家散了不可。田文军似乎是彻底地被激怒了。他的牙齿在嘴里咬得霍霍作响。我感觉到田文军即将手下不留情了。他的手正在他的大腿处握成拳头。我跳下床去，给了陶安一记响亮的耳光，那“啪”的一声脆响，震住了她也震住了我。陶安捂着脸看着我，那双眼睛在一瞬间里依次汹涌出震惊、委屈、愤怒、恐慌、隐忍、怨恨。在这双眼睛的注视下，我的心像打鼓一样地狂跳，我的腿也在发抖，我的手掌心里一阵阵发麻的痛，我下手重了些。我到底是心虚，难道这一巴掌里就全都是为了息事宁人，就没有我自己的一点私心，我似乎一直就有想揍这女人一顿的冲动，给这个女人一点颜色看看。

我如此费尽心机地扇了她一巴掌，可是我一点也没有多少快感。看着她那凄惶无助的眼神，我竟对自己生出些嫌弃来，我看到了自己藏在深处的卑鄙与丑恶。田文军算是识趣，出去了，在我扇了陶安一巴掌后，我瞥见他握着的拳头松开了，他看到了他妻子的脸上的红印，也看到了他妻子眼里的泪水。他似乎是出了一口恶气，他面相上平和了许多。他出房门的时候扭过头对我说，姐，你是明白人。我没理他，我对他没有什么好感。

我给陶安递了块毛巾，她不接，身子也扭到了另一边。

我说，你刚才也太霸道了，你激怒了他，他拳头都握紧了，我不跳起来打你一巴掌，今天怎么收场?

我再次将毛巾递给她，她迟疑了一会儿还是接了。她果然好哄。听学校里好多老师说父亲很是疼爱这个小女儿，经常是乖啊宝啊地叫，动不动就将她捉住然后一把搂在怀里，父亲从未这样待过我，他从未给过我怀抱也从未叫我乖啊宝的，他一直都称呼我为陶平，只在写信时称呼“陶平我儿”，流露出了那么一丁点亲昵。我是有些吃醋的。那些年与父亲长久的对峙，不肯去见他，多少也为这醋劲。现在面对陶安，我竟也生出些欢喜，一个心思单纯的人减轻了人的许多压力，她不会让人背上些琐碎的心理包袱。

夜深了，有了困意。我起身从柜里拿了两床被子给了田文军，田文军很随意的从茶几的烟盒里取出一根烟，用打火机点燃，叼在嘴里吸了一口，吐出一团烟雾。他将被子放置一旁，冲我笑了一下，说，我成家后还从来没有睡过沙发，呵呵。他也许是没话找话，想显示出他与我缔结同盟的一种亲密关系。但是这话在我听来很是逆耳，他是在向我说明他在婚姻中的地位，他是很男人的，他是永远睡在床上的。我淡淡地说，那你今天就睡睡沙发吧。

6

次日早上我们刚醒来，就听到敲门声。田文军在门外说，龙龙，爸爸走了啊。陶安朝我看了一眼，然后立刻坐起说，你去哪？陶安穿上羽绒服走出房间。陶安说，你得把龙龙带走，龙龙跟着我，我无法上班。田文军说，你想得美，你不就嫌龙龙影响了你跟野男人约会吗？你把我当苕？陶安说，龙龙又不是我一个人的孩子，你带龙龙走又怎么啦？他总要上学吧。田文军拍了拍衣服说，我管他上学不上学，耽误他的是你不是我，你搞清楚，你这个烂女人。你当初做这种事的时候你就应该想清楚会有什么样的结果跟麻烦，你去找野老公快活，让家老公看孩子，你也太能损人了吧。陶安说，你如果是个男人，那就干脆点，离婚。田文军冷笑起来，说，离婚？成全你？呵呵，我告诉你就不离，我拖死你，要离也可以，给我三十万。陶安显然是词穷了，她不知道该说什么，她只是一味地说好笑好笑，真是好笑。你真是不要脸，太不要脸了。我忽然听到一声巴掌拍桌子的声音，然后田文军咆哮着说，你个婊子养的，你说谁不要脸，谁不要脸？你他妈的才不要脸。你信不信，老子现在就把你捅了。

龙龙被吵醒了，他听到了外面的叫骂声，他像一只泥鳅一样钻到了被子里面。我披着衣服赶紧出来。我对陶安说，龙龙醒了，你去给他穿衣服吧。陶安听话地进来了。田文军站在沙发旁还处在脸红脖子粗的愤怒里，头发蓬得像鸭毛似的。他深深地吐出一口气，说，姐，我家里确实太忙，这两天下雪，我怕鸭棚的草不够，我得回去照管照管，我过两天再来，你帮我劝劝她，龙龙还小，不能让他没有爸爸或是妈妈。

我点点头。我很认同这个道理，无论他们的婚姻有多稀烂，可是为了孩子，他们必须得捏合在一块，这世上只有亲生父母才肯为孩子使出真力气。田文军临出门的落魄像让我生出了一点怜悯，生在穷乡僻壤里，又想发家致富，早早成个家，想着老婆孩子热炕头的日子，结果东奔西忙，钱没挣两，却挣了顶绿帽子。倒霉的人。

田文军走后，我回到卧室，时间还富余，我打算好好劝劝陶安。我虽然没成家，但是我自认我看清了男人，男人的一生中不可能只有一个女人，男人是很现实的。我跟陶安说，林大庆是靠不住的，人家家里不会允许你们，没哪个父母会让自己的儿子娶个二婚女人，还带拖油瓶的，再者林大庆一没文凭二没手艺，没有正经工作，这个世上，钱是安身立命之本，现在是新鲜，你挣钱贴他没关系，天长日久你贴得起吗？还有就是年龄，人家比你小两岁，二十来岁，懵懂无知，等他将来醒悟了，扔你就如扔一张擦屁股的纸，将来不好，你遭殃，将来好了，你更遭殃。与其将来翻脸，还不如现在就丢开，彼此留个念想。

我苦口婆心地劝说半天，她横竖不吭一声，只一味地低头啃指甲。我说，这些你难道都没有用脑子想过？你长得又不差，别人的女人容貌不及你一半的，出个轨，傍个大款什么的，房子车子票子样样周全，你倒好，找这么个瘪三，什么都没捞到，反倒自己倒贴，说出去不嫌丢人。这种事如今也寻常了，偷了腥，人家都知道把肉埋在饭里，你倒好，过个瘾过得世人皆知，还真把自己玩进去了。你是傍个大款或是当官的什么的，算了，好赖将来还靠得住，找个比你还穷得穷小子，为了他把自己的家也毁掉，你以为建个家多容易？

她的安静让我有种讲述的乐趣。多年的单身生活，回到家就是面对四周冰冷的墙壁，没人跟你说上话，嘴巴都闭臭，现在你说话，还有听众，这种感觉真的很好。我有点停不下来，在数落中，我有了种高高在上，凛然不可侵犯的优越感。忽然她抬起头望着我说，姐，能把你手机借我一下吗？

我愣了愣，问，你借手机干嘛？

她不说。这让人很生气。显然她是想跟那个林大庆联系，真是扶不上墙的烂泥。

她低着头啃了一会儿指甲，说，我想跟他打个电话，他一定很着急。她说着还皱了皱眉头。皱得眉间显出两道深深的沟，两只眼睛里射出急迫的光。

我说，哪个他？

她有些不耐烦了，但是不好表露，忍了忍，说，林大庆。

我忽然就火了。我觉得我方才苦口婆心劝了半天全白瞎了。我以为她的沉默是臣服，没想到是另一种反抗，人家压根一个字也没听进去。我彻底没辙了。

姨妈，我饿。龙龙从被窝里钻出来对我说。

找你妈要去。我没好气地跟龙龙回了一句。这世上无论什么人都知道登鼻子上脸，连小孩子都知道，他凭什么饿了找我，凭什么他找我要吃的，我就得伺候他？

陶安像块木头一样坐在床上，下半身偎在被子里。对龙龙的叫饿声和我的回答置之不理。她似乎想起了什么，扭身从枕头下摸出了被田大军昨晚摔烂的手机，她检查了手机卡和电池，然后长按开机键，可是半天了手机没有一点动静。她似乎并没有死心，将手机电池掰下来再按，再掰再按。她真是犟。我从她手里一把夺过手机，然后下床打开窗户，在她恼怒的“你要干什么”的质问中，将手机扔到了外面，很快，下面传来了“噗”地一声，那是泥水四溅的声音，可能地面上的雪已经融化了。

你干什么？你要干什么？陶安瞪着一双眼睛吼我，她终于跟我吼了，她不断做着吞咽的动作，好像胸间总有东西往上涌一样。

你个烂货，你还想着那个二流子，这个家你还要不要，早知道你是个下贱坯子你就夹紧你的大腿不要结婚，不要生下孩子。我气急败坏，我恨不得一句将她骂死。

陶安也气了，她的脸板着像块棺木，她说，你真是说得轻巧，过日子那像你说得这么容易，谁长后眼睛了？我要知道跟田文军结婚过个三五年是这个样子，我还嫁给他，我疯了我。可我现在跟田文军过不下去了。你知道不知道过不下去是什么滋味？就是我现在跟他是仇人，他看我恶心，我看他恶心，不是你们说的看在龙龙的份上忍一忍凑合着过就可以的，谁能跟粪凑合着过？

陶安越说越激动，她说，我们也不是一步就走到今天的，之前我也曾想过回头，跟林大庆的事情穿了后，田文军让我辞了工作回他老家去，我到他老家去了，待了三个月，跟坐牢似的，你要知道这样的事出了，没哪个男人会真正接纳的，心里总是有道坎，成天在你耳边讲些含沙射影的话，折磨你，包括他的爸爸妈妈也是，把我跟林大庆的事说给他们村里人听，弄得他们村里人一天到晚用怪怪的眼睛看我，有时候出去走一下，莫名其妙就会有口痰吐在你的脚跟前，有时候甚至是身上，这种日子我能过下去吗，我出了轨又怎么了？我偷了人难道就变成畜生了？就该受人作践？我跟田文军过不下去了，你们凭什么要逼我跟他在一块？是人都会选择跟自己喜欢的人在一起生活，谁会选择跟自己讨厌至极的人在一起过日子？结婚了又怎么样？生了孩子又怎么样？难道我的权利就没有了？

陶安说得唾沫星子横飞，两边口角都溢出了口水。她的脸涨得通红，双眼亮晶晶的，仿佛有泪光，她抬起手抹了抹眼睛，虽未洗漱，但依然很标致，即使披头散发也别有一番女人的味道。她继承了她母亲和父亲五官上的优点，好看得让我憎恨。

我没想到陶安也有脾气，发起脾气来是如此的咄咄逼人。她说的也不是没有道理，在她咆哮的时候，有那么两刻我的心被震荡了。她没有回头的路，虽然田文军不同意离婚，但这种不离也许不是善意的，而是别有用意的折磨，以婚姻当铁链拴住她，然后无休止的侮辱践踏，无处申辩。有时候一举杀之并不能消心头之恨，唯有慢刀子拉肉，看人在无尽的痛苦中死去才能消解恨意。

我起床坐在客厅的沙发上吸了一根烟，最后我还是从口袋里掏出手机递给了她，她先挺硬气，不接，迟疑了一会儿还是接了。她急急地按了一串号码后就下床了。我给龙龙穿好衣服后就将他抱进了厨房，我将昨天的剩菜剩饭热了一下给龙龙盛了一碗，放在桌子上，让他自己吃，他的筷子用得很拙，但我管不了那么多了，我得赶紧收拾好自己上班去。

陶安把自己关在阳台上打电话，她只要一打电话，就进入到了忘我的境地，什么都顾不了了。我洗漱完后，她的电话还没有结束。我想到我好像还有一个旧手机，机型很老了，但是打接电话没有问题。我从抽屉里翻出来，将她的卡上了上去，给移动打了个电话，还能用。我走到阳台，将这个手机给了她，然后强行把我的手机从她耳旁摘了下来。

她接过那个旧手机，按了按，忽地眉开眼笑，说，哎呀，太好了，这个手机太好了。谢谢姐。

我说，我上班去了，你怎么弄？

她说，你去吧，我在家里守着，没事的，晚上我可能就要出去上班了，龙龙还得麻烦你照看一下。

我说，这个好说。

临出门时，我将家里多的一把钥匙给了她。她接过钥匙后，嘴巴抿了抿，一副想开口又很为难的样子。对于她不主动提出的问题我一般都不选择搭讪，这个女人尽是麻烦，能少一事儿尽量少一事儿。在我下了楼梯后，她还是在我背后“哎”了一声，我扭头问，怎么了？她咳嗽了一下，说，姐，你能借我点钱么？

我问，借多少？

她说，五十。五十就可以了。

我从钱包拿出了两百给她，我说，你先拿着吧。我钱包里有一千块现金，我本可以给她五百，但是我在数这五百的时候，有些舍不得，我挣钱也不容易，上班盯着单位的财务报表，眼睛都快瞎了，挣得是血汗钱就无法做到出手大方，何况她也是个不懂人情世故的，大老远从家里来投奔我，不曾给我带包糖，我也就不用那么费心招待她。

看得出她想拒绝另外一百块钱，但是她无法拒绝，她将两张钱捏在手里对我说了声谢谢。我能感觉那声谢谢是从她体内发出的，她真的是山穷水尽了。这两百对于她眼前的日子来说，仿佛一根柴火对抗整个冬天，我后悔给少了，可是我瞬间也为自己开脱了，我不是救世主，各人的罪各人受。

7

有事在心里，上班也是心绪不宁，无法集中精神，在对账目的时候老是出错，盘账的时候总是出现一毛两毛的误差，每次都得重新再理一遍，错多了连对的心里也没底了。我重重叹了一口气，将键盘一把推到桌子根，我起身到茶水间点燃一根烟。不得不承认，短短两三天时间，陶安已经严重影响了我的生活，我很厌烦了，想快点将她打发走，无论是她跟林大庆也好，还是跟田文军也好，无所谓。每个人都有命运的安排，一棵草一颗露水，给她讲了这么多，她听不进去，能怎么办呢？有个高僧说得好，世间没什么放不下的，痛了自然就放下了。每个人的经验教训都是从悲惨的下场中得到的。

下午的时候我的右眼毫无征兆地跳动起来，一扯一扯的。说给同事听，他们说左眼跳财，右眼跳灾。我笑了笑。这种鬼扯淡的话我向来不信。谈笑间，陶安打来电话，她说她有事出去一会儿，叫我早点下班回家，说龙龙一个人在家里。我的胸中立刻又冒出一团火，我说，你有什么事比孩子重要？你要有事出去你把孩子带着啊，他影响到你什么啦？她急急跟我解释说，也不要很早，就是正常下班就行了，我把龙龙放在沙发上，电暖炉给他打开了，他只要有奥特曼的碟子看，他可以一整天不动。外面太冷了，带上他怕他感冒。

陶安的说辞像根吹火筒，我已经要被她气晕了。这个女人太疯狂了，太邪门了，她一定是去见她的奸夫去了。我说，陶安，你这么不要脸，我也拿你没办法，这样吧，你要死在外面了，我答应帮你抚养龙龙，你就去死吧。

挂了电话，坐在椅子上，我自己都怀疑自己是不是提前进入了更年期，就这几天，我总觉得自己发燥，胸中总是藏着一把火，一天到晚气鼓鼓的。我把这一切都归咎于陶安，我该她的，欠她的。

想到一个三岁的孩子独自待在我的房子里，我有点坐不住，我被脑子里各种不好的想象恐吓着。那孩子会不会口渴去搬开水瓶然后被开水烫伤？会不会好奇将手插在插座的孔里触电身亡？会不会趴到养鱼的玻璃缸里玩水然后一头栽进去给淹死？会不会爬到阳台上从活动的防盗网掉下去摔死？我越想越害怕，对于一个懵懂无知的孩子，谁都无法预料他会有什么样的行为，你说他能在沙发上坐一天他就能坐一天，他塑料做的？

我只得请假回家。我很少开口请假，请假半天两百块，不是要死人的事，谁往水里扔钱呢。往回走的路上，我不停地诅咒着陶安，她总在我心软的时候勾起我的仇恨，她都不知道怎么利用我内心的那块软肋。交往是相互的，她带来的是春天，我便是灿烂的样子，她如果带来的是冬天，我只能这样冰冷。每个人得到的都是她所付出的。这么深的道理是活得浅显的陶安所不能领悟的。

快到家的时候，我的心莫名慌乱起来，我怕我推门进去会看到一具童尸，我隐隐的似乎希望事情会发展到这样悲惨的地步。我要看这个女人如何收场，我要看她还怎么风流，怎么去快活。我被我的恶毒给镇住了。上到第五层楼梯时，我看到我家的门是开着的，我的心咯噔了一下，赶紧冲进屋子里，客厅中间的沙发上没有龙龙，电暖炉是开着的，黄澄澄的光射在沙发上，我闻到一股化纤烤焦的味道，我赶紧将电暖炉关掉，沙发上一只银白色的小碟机在被子里，还有一张奥特曼的碟子。我往鱼缸里看了看，又往卧室瞄了瞄，也推开阳台了门瞧了瞧，甚至朝路面探视了一番，没有摔落的痕迹，卫生间也没有人。我叫几声龙龙，没人回答我。我意识到出事了，龙龙跑了，他不见了。

我给陶安打电话，关机。我翻着手机找到陶安早上拨打过的那个号码，打过去也是关机。我脑子里立刻想到，他们用我给的钱开房去了。此刻一定在那个便宜的旅舍里，在霉味浓重的房间里，在一动起来就嘎嘎响的窄床上做那个事。我瘫坐在沙发上六神无主，脑子一片空白，我想象不出一个三岁的孩子打开门他会跑去哪儿?

空等不是办法。我还是得出去找。

这个小区是老小区，等待拆迁已经等待很多年了，住的人都有些杂，有时候在小区里散个步，从口音里能听出大半个中国来，听到一句两句汉腔算稀罕了。我打算一户一户敲门去问。我爬上爬下问了三个单元就已经累得不行了，上一步楼梯腿像灌了铅似的。而且这么多门敲下来，每一次都是摇头摆手，我已经感到希望渺茫了。天大黑了，北风裹挟着长江的水汽从楼与楼的空隙中呼啸奔来，冷得人直哆嗦，不远处的白杨树林随着风发出哗哗的声响，雷鸣似的。居民楼里都亮起了灯光，一些动锅动碗、洗澡擦地、骂东骂西、电视电话的声音从窗口里传出，带着浓浓的居家过日子的光景。我听到几个窗口里传出小孩子的声音，这让我更加牵挂龙龙。

十点钟了。我再次拨打陶安的手机，依然是关机，拨打陶安早上拨打过的号码，等了一会儿，总算传来了“嘟”的声音，通了。第四声的时候，接听了，一个男的问我是谁？我硬邦邦地回道，陶安是不是跟你在一起？他顿了一下，又问，你是谁？我提高嗓门暴躁地说，叫陶安接电话。那男的也发飙了，满口渣滓，说，你他娘的，老子都不知道你是谁，老子凭什么让她接你电话。

我情绪的引线被点燃，长时间积攒的怒气瞬间爆发，我说，你是林大庆对不对，你们这对不要脸的奸夫淫妇，你除了会睡女人你还会干点别的事么？像你这种瘪三我见多了，除了裤裆里面有点精子，还有什么，屁都没有，嘴上连根毛都没有，你把陶安当什么了？你能给陶安什么？我告诉你，人活着不是光只图鸡巴过瘾的，你把人家一个好端端的家给毁了，你横什么横，你造孽，你迟早要遭报应的。

你懂个屁，什么老子毁了好端端的家？是好端端的，老子能毁吗？什么叫只图鸡巴过瘾，我告诉你，老子知道你是谁，你是陶安的姐姐陶平对不对，你就是个老变态，活该你没男人要。田文军算什么东西，他是他妈的猪狗不如，他要你妹去当鸡，好多挣钱让他养鸭子，这就是好端端的家？哪个男人戴了绿帽子不愿意离婚的，就这种屌货不离，要离还倒给他钱，他就是一吃软饭的，他把你妹当成了赚钱的工具，这种人就是一人渣，该下滚油锅，该千刀万剐，他说要找老子算账，老子还找他算账呢，狗东西，老子见了他非一刀捅了他不可。

你爱捅谁捅谁，你强奸王母娘娘捅玉皇大帝与我无关，我现在没心思跟你扯这些。我的话还没说话，电话那头又咋呼起来了，这次是个女的声音，很粗，口音跟嗓门能让人想到一口瓮，乡里腌腊鱼腊肉的瓮。“瓮”说，你是陶安的姐姐是吧，我告诉你，把陶安这个臭婊子管好，她要再勾引我弟的话，我要她好看，我把丑话说在前头。我告诉你，我弟不吃剩饭，你们别打错了主意。在那口“瓮”讲话时，我总能听到那男的叫姐，不停地说“把电话给我”。声音充满怒气与恨意，我还听到一阵推搡声，一定是林大庆在边上夺他姐姐的手机。一个大男人连自己的手机也夺不回来，容得下别人骂自己的女人为婊子，任由别人肆意侮辱自己的女人，一没钱二没本事连血性气也没有的男人也算男人。

我说，我也告诉你，把你弟管好，我若看到你弟再跟陶安一起，我也会对你弟不客气，我们家的剩饭就是放馊了，也轮不到一条蛆。

你能这样说那当然好。哼。对方“哼”完就果断挂了电话。

我将我的那声“哼”活活闷在肚子里，化作一股怨气长长地吐了出来。我的牙齿在口腔里上下切合，如果陶安此刻在我眼前，我一定会撕了她，陶家的门庭被她给辱没了。我跟她一个没成家，一个家要散。俨然成了老家人的一个笑话。

寒气越来越重，从白杨树丛里吹出来的风像长了倒钩似的，吹得脸生疼。望着小区四周高楼的灯火，我不知道该往哪里去询问孩子的下落。我决定先去小区的门房问问看。我转身没走几步就看见了陶安，她穿着我的一件绿格子羽绒服，一双高帮雪地靴，低着头苦着脸向前走，头发被风吹得跟草窝似的。我叫住了她。她一惊，望着我，说，姐，是你，这么晚了，出去干什么?

看到她我想起刚刚林大庆骂我“老变态”，想起林大庆的姐姐骂她“臭婊子”，都是这个不争气的骚货惹的，她就是一个妖精，毁家败家的祸水，我的火“腾”一下就冒出来了，我有种想置这个女人于死地的冲动，我上前一把揪住她的衣领，然后铲了她一巴掌。她重重地推开我，说，你疯了，你凭什么打我。你真是老变态，变态狂。

我气极了，你从未在我的环境里生活过，你从未站在我的观点上来看待我，你凭什么给我扣上一顶变态的帽子，我心理不健康了？阴暗了？扭曲了？小婊子养的，真是小婊子，骚货。我向她挥舞起拳头，我要杀了这个不要脸的。我们扭打成一团，小区里来来往往的人，没有一人来过问来劝架，他们像看一场把戏一样上前来看一阵就脚步匆匆地走了，还有人在笑，乐呵呵地，能欣赏别人的不幸别人的狼狈算是无聊生活派发的一种福利。我很快意识到我们这是手足相残，我们的撕扯成了别人的乐子。我压着怒火停止了扭打。我一住手，陶安也就住手了。我从喉咙里咳出一口痰来，吐在她的脚边，我说，姓陶的，龙龙不见了，要是龙龙有个三长两短，你就不用活了。

陶安倒抽一口冷气，说，到底怎么回事。

我说，我怎么知道怎么回事？我没到下班就回家了，一回家家里门大开着，人不见了，几个单元里，我挨家挨户都敲门问了，都说没看见。

啊！陶安一个踉跄跌坐在地上，雪还没融尽，地上带泥带水的。她眼睛空洞地望着前方，木呆呆的，一副六神无主的样子。凄风苦雨，她无依无傍，真有了几分在绝路上的样子。我忽然觉得我做过了，我太狠了，无论如何我也背不起把人往绝路上逼的名声。我将她从地上拉起来，拖着她朝门房走去。

陶安在路上突然失声痛哭，一边哭一边大声地唤“龙龙”，她扯破喉咙的叫声和凄惶无助的哭声让我的眼底一片潮湿。我加快脚步朝门房走去。可是门房里并没有龙龙，门房的师傅说从下午到现在并没有看见像龙龙这样大的男孩子单独出去过，只要没出去就好。出去了就完了，这个小区一出去就是江堤，江堤的栏杆稀疏，有几处还被人用电锯割断了，小孩子如果钻进去，一不小心就会滚进长江里。

在往回走的路上，陶安一遍遍叫着“龙龙”，拼了命地呼喊，从这一声声“龙龙”中，我能感觉她的心在滴血，肝在滴血，肺在滴血，她的脏腑血流成河。我也跟着她叫喊起来，这是我此生第一次用全身的气力来呼喊一个亲人，在我呼喊了几声后，我忽然热泪盈眶，这喊声像一把磨刀石，我心间上的锈迹在叫喊中剥脱，我体察到了亲情的某种纽带与关联。

在我们的叫喊声中，有几户人家打开了窗户，瞧了瞧但很快就关上了。我们一面往前走一面喊。又有人家打开了窗户，我们一齐扭头看着这扇窗，一个约莫五十岁左右的男人和一位穿着花睡袄的女人探出头来，中年男子问，你们是那一栋的?

我说，五栋三单元七楼。

小孩叫什么名字?

陶安仿佛看到了亮光，赶紧回道，田小龙。

多大?

陶安说，三岁。

穿的什么衣服?

陶安欣喜地朝我看了一下，她的眼睛里透出一点亮光来，脸上的神情也活了过来。她从别人家的问话里觉察出了什么？她的神色向我传递她觉得她的龙龙就在那个窗户后面。

陶安说，上面穿蓝色。

妈妈，妈妈！陶安的话还没说完，龙龙的脑袋就出现在了窗台上。

龙龙！龙龙！陶安高兴地哭了起来。

龙龙很快被那家人送下来。龙龙飞扑进陶安的怀里，陶安先是紧紧揽住，左亲右亲，忽然陶安一把将龙龙推开，狠狠扇了孩子几个耳光。陶安说，谁叫你跑的，谁叫你瞎跑的。你在屋里待着你会死吗？你这个讨债的，你要害死我是不是？

龙龙一下哭了起来，说，我一个人怕，我一个人怕。

我将龙龙搂了过来，我不停地向那对中年夫妻道谢。陶安在一旁抠手指，她从她左手的中指上抠下一个黄金戒指，这应是她身上最值钱的东西了。她要将戒指留给那对中年夫妻，妻子连连摆手，但陶安执意要给，一副不收下就不能收场的犟劲，执拗了半天对方终于收下了。陶安在我怀里接过龙龙后，重新亲了起来，那股热乎劲亲得龙龙破涕为笑，一路上咯咯笑个不停。

8

回到家看看墙上的挂钟已经是深夜两点了。我在卫生间洗漱完毕后，就径直进了房间，并将门反锁。我不想再搭理他们母子二人。沙发上有被子，厨房里有吃的，他们爱咋咋地。

躺在床上睡不着。我对陶安有许多不满，不满她为个野男人连孩子都不顾，不满她对那对中年夫妻的出手阔绰，撸个金戒指给人家跟我都不商量一下，她这么有主张，这么有魄力，那又何必在其他事情上来向我讨主意呢。我跟她从来都隔着厚厚的肚皮。她不过是把我这里当成了她们娘俩不要钱的落脚点。她来我这里两三天了，没帮我洗个碗，没帮我把家里收拾一下，她每天都魂不守舍的，跟我说句话也是心不在焉。她大部分时间都是守在电暖炉边上，勾着头，心事重重的样子，一有电话响，拔腿就往外面跑。我长年一个人生活已经习惯了，现在陡然添了她们娘俩，我做什么事都蹩手蹩脚的，哪哪都不方便，我忍她心都快忍肿了。生活对她的指教还不够，当她真正被生活压迫得无法动弹的时候，而她还选择活下去的话，她就会懂得许多为人处世的技巧，比方世故、圆滑、精明、她会懂得看人的脸色，会懂得奉承迎合，她会为了跟人和谐相处拔去身上的刺，她会为了穿上鞋子把脚上多余的肉给削掉。

客厅里似乎没什么动静。不知道她们是睡了还是怎样。我起身披了件衣服打开门假装去厕所。我眼睛里的余光看见龙龙已经睡了，她坐在沙发上掰手机，估计手机被她调成了静音，划来划去没有什么声响，屏幕上的蓝光照得她的脸惨白惨白的，活像个女鬼。我从厕所里出来的时候，我发现她已经把手机收起来了。她抱着被子做出一副马上躺下的样子。人在屋檐下不得不低头。看到她如此谨慎憋屈地在我的地盘里生活，我的心里得到些许满足。她到底还是忌讳我的。她察觉到了我对她的感觉，她也许什么都懂得，但是她都藏在心里，不说。她不说不表达她的情绪也许并不是出于对我的尊敬，也不是来自她的性格，而是她的处境使她不能表达，只能委屈地蜷缩在沙发上，只能受我的白眼、谩骂甚至是耳光。一个人强势是需要有硬的东西撑腰的，要么钱，要么人，要么是看得见的未来，一个嫁了个穷老公又为个穷小子要离婚的洗脚妹，有个屁未来，她的穷困就跟弹匠手里那根弦一样会一直单调又铿锵地延续下去。

但是我还是感觉到了她的骨头，她对我劝解的不接纳，对我不亲近的躯体，还有不与我商量就撸下戒指来感谢别人，这些都是她的骨头，她的刺，她隐形的强硬令我不快。

一夜未合眼，许多以前的光景都重新来到了脑袋里，清晰的记忆折磨得我翻来覆去，到天亮时，我已积攒了许多的恨意。我起床后将房间里他们娘俩的衣物抱了出来，扔在沙发上，然后打开她的箱子，将他们所有的东西都塞了进去。陶安听到响动后，从沙发上坐起，问，你这是干什么?

我说，请你今天给我出去。

陶安说，那等我打个电话，我让他来接我。

我说，那你打吧。

她真当我的面打起电话来，她对电话那头说，你能过来一趟吗，把我和龙龙接走。她说着朝我这边瞄了一眼，对着电话支支吾吾半天，才说，姐要赶我们走。昨天龙龙差点丢了。她跟电话执拗了一会儿，然后将电话递给我说，姐，林大庆要跟你说话。

我说，我没什么跟他好说的，我不认识他。

她还是把电话给了我。电话那头喂了半天，我冷冷地说，你想说什么快说。林大庆说，你还是让他们在你那儿住几天，我这里还没弄好，等我这里妥当了，我会把他们接过来的，一天都不耽搁。

如果林大庆在电话里叫我一声姐，或者说话的口气软和一些，我会将改变我的主意，可是他说话就像是一把麦芒扎向你，让你心里腾出一股火。什么叫一天都不耽搁?仿佛他们都憋屈似的，仿佛他们多想不在这儿待似的，那行吧，那就赶紧的吧，我这里不是收容所。你既然爱她，为了她捶了家里的玻璃逃出来，就该为她撑起一把伞，为她遮风挡雨，最起码应该跟她弄个窝吧，寄居在我这里算什么。

我对着电话说，今天他们必须得离开我家，你有本事，你对她有诚意，你就别废话，赶紧的来把他们弄走，弄那儿都可以，我眼不见为净。

林大庆说，行行行，算你狠，你他娘的，老子从来没有开口求过人，老子也不求你，你让他们在你小区大门口等着，老子立马接他们走，老子还把他们这几天住你这儿的房钱也算给你，按四星级酒店标准算没贬低您吧。

我的肺快要气炸了。挂了电话。我便将他们的行李箱拖了出去，也将一旁如一根呆木桩的陶安推了出去，在推龙龙的时候我迟疑了，我的手停在半空中，我下不了手，外面这么冷，寒风跟锥子似的。可是留了他，就等于给这件事留了余地。既然话赶话说到翻脸的地步了，我也就只能把事做绝。我还是把龙龙推出去了。我朝门外扔了三百块钱就“啪”一声将门给关上了。

过了许久，并没有传来期待中的敲门声和哀求声。又过了许久，我轻轻打开门，门外什么也没有，看来那三百块钱她还是捡起来了，我的心稍微好过了一些，她并没将我置于无情无义之地，她还是拿了我的钱的。看着空空如也的门外，我感觉我的脏腑像挂了只秤砣，总有一种往下坠的感觉。他们走了，可是我并没有获得理想中的轻松与清净，相反我有一种不安感，一种欺负弱小的负疚感。特别是龙龙，这个身上流淌着陶氏血脉的孩子，我竟也将他推出去了。我觉得我很混蛋，很刻薄，很阴毒。

可是，事情只能这样。我虽有自责，但我也有恨意。我不会去将他们追回来。走了就走了。我决定继续请假，昨晚睡得太晚，头有些发沉发涨，打完请假电话后我倒床便睡了。头埋被子里，一直睡到了下午一点才醒。

肚子很饿，打开冰箱，里面冰冷的食物让我毫无胃口。我想到外面去吃，顺便看看她们母子俩走了没有。窗外的天呈现乌青色，阴沉沉的，像穷人背了一身的债。我换好衣服下楼，我的步子很急，还没转过弯我就瞥见了小区门口的那只红色的旅行箱了。再往前走几步，我就看见了他们母子。陶安把羽绒服后面的帽子戴上了，周围橡皮筋扯紧了，只露了一张脸，她的左手躲在袖筒里，右手捏着手机，时不时就往手机上看，两脚在地上跳来跳去，她露出的那张脸脸色发乌，没有一点血色。看到她的漂亮被凛冽的寒风所侵蚀，显不出姿色时，我有种小小的平衡。我才知道身为一个女人对美貌始终是心怀妒忌的，即使是亲姐妹，心里也会藏着醋意。其实她很远就看到了我，但她没有开口跟我说话，她不开口我就只能视而不见。不用说我也知道那个姓林的肯定没有露面，从早上七点钟到现在下午一点半已经六个半小时了，从汉口汉正街到武昌司门口，就只一座长江大桥的距离，即便是走过来，也只需要四十五分钟。我能从陶安的眼里感觉到她的凄惶、疑惑和深深的不安。龙龙趴在旅行包上玩他的蜘蛛侠，他对这个世界没有任何戒备，他在哪都能玩耍，他在偶然扭头的时候看到了我，他很清脆地叫我姨妈。我的心颤了一下。我停住脚步，问陶安，林大庆还没来接你吗？陶安朝两只袖筒里哈了一口气，说，跟他打了电话了，他说快了。看来她并没有对林大庆死心，她还对他抱有希望，她不愿意承认她被放鸽子了。我不知道该如何才能让她长点见识，让她对男人有清醒的认识，一个男人若真心对一个女人，怎么会忍心让他的女人在刀子般的冷风里等待六个多钟头，怎么会让赶她出家门的人在青天白日中撞见她的狼狈与凄楚，如同一个人罪证的把柄落在了仇家的手里。

我问龙龙吃了没有？龙龙说没有吃。我把龙龙抱着，对陶安说，我们在旁边去吃点东西，林大庆来了的话，你打我电话。陶安舔了舔嘴唇点了点头，她的目光像钉在墙上生了锈的钉子一样死气。她的眼睛里没有期盼没有等待的神色，我能从她的眼睛里觉察到她的心在冷却在下沉。只是她的嘴巴还在硬撑着，跟田文军养的那些鸭子一样，即使死了可是嘴巴还是硬的。那就继续硬吧。

我和龙龙吃完饭回来，陶安依然站在原地，依然捏着手机。我将打包的盒饭递给她。她推了一下，说，不饿，等林大庆来了跟他一块儿吃。我在心里冷冷笑了一下。龙龙说，妈妈吃吧，姨妈点了鱼籽烧豆腐好好吃的。我又将盒饭在她面前递了递，在我打算扔进垃圾桶之前，她接了过去。

她的举动让我很是不舒服。在一个知道你底细的亲人面前装硬气，这就生出了万千沟壑，人家根本就没拿你当亲人也没拿你当姐姐。一个人对一个人的交心就会展示自己的伤口和伤痛。她是仙人掌，我是刺猬，我们两人身上都长着刺。在她打开饭盒，分开筷子后，我扬长而去。我忽然觉得委屈，觉得压抑，觉得落寞，很多事情都不由我主宰，我无法掌控什么，我忽地对人生感到悲观，就如同这黑沉沉的天一样，仿佛有一张网将我束缚住了。

整个下午我都心绪不宁，看不进电视也看不进书，连电脑上的纸牌游戏也玩不下去。我的耳朵始终捕捉着小区门口方位的响动，我很挂心那个林大庆到底有没有来将她接走。天越来越暗沉了，风也猛了些，吹得窗户咯咯直响，在穿过那些狭窄处时还发出尖利的啸叫，如同生鬼在哭。这是下大雪的征兆。四点钟时，漫天的鹅毛大雪铺天盖地下了起来，密密匝匝，像是从天下落下的一张无情白网。

看着外面的冰天雪地，我有些惴惴不安。想象她们娘俩被风雪所吞没的样子，我就心虚，我觉得我自己是多么的冷血，多么的不近人情。我在心里问我自己，如果陶安不是洗脚妹，是有体面工作的，嫁的老公不是养鸭子的，是很有头脑的小老板，出轨的情人不是穷混混，是一官半职的公务员，我会将她赶出去吗，我对她会有这么多的看不惯和忍不下去吗？说到底我欺负她并不仅仅是因为当年的鸠占鹊巢，而是她的贫穷她的底层她的绝境。在我承认我自己势利的时候，我的后背陡然一阵烘热，有密密的汗从身体里钻出。我看到了我内心的阴暗，像一块生霉的豆渣一样，散发着恶臭。

我给陶安打电话，话筒里传来“您拨打的电话正在通话中”，这句话又让我从心里腾起的融融暖意遭遇冷却。她还在给他打电话，那说明姓林的还没有来接她。

这个王八蛋。我从手机里翻出林大庆的号码，我要将这个烂货人渣好好痛骂一顿，可是话筒里传来的是“您拨打的手机已关机”。我怒不可遏。陶安瞎了眼了，遇到这样的一个混蛋。她到底是被玩弄了。也被抛弃了。弃之如手纸。什么爱情，什么真心，那都是生活放的狐狗屁。

我围上围巾，戴上帽子，我要去把他们娘俩弄回来，眼见得天就黑了，气温更加低。我打开大门，就看见了坐在楼梯口的陶安母子。四目相对，我们各自都有些吃惊，也有些措手不及。她的手里握着一张卫生纸，动不动就在鼻子下面擦一下，她的两颊和鼻头红红的，那颜色红得让人能感觉到烫手。她朝我略略笑了笑，有几分不好意思在里面。这大雪天的，她终于还是回转到我的家门来了，无论怎么冷落怎么打骂，她依然把我当做她的码头，是她人生中唯一可以行走的一条回头路。我想起父亲临终前是如何把我跟她的手紧握在一起的，我记得父亲最后的一句话是，你们都姓陶。我打了一个冷战，那一瞬，我突然觉得父亲最后的这句话分量是如此重。她不是我的仇人，她是我的妹妹，亲妹妹。我看着她，我的心竟有些跳荡，我的身体里升腾起阵阵热意。我竟有些难为情起来。我的内心像画画一样，各种笔头飞速勾勒，我的心里盛满许多线条和色彩。龙龙忽然从她妈妈的怀里跳出来，将一只用纸折成的纸飞机举到我的面前，说，姨妈，看，我的飞机。我的眼眶顿时就湿了。

9

我将屋子里所有的灯都打开，我让她们无论是去卫生间厨房还是阳台，走到哪都是亮堂堂的，灯火通明的。我把电暖炉开到最高档，我把房间那台老空调打开预热，我不再算计那几个电费。我只希望我的房子能迅速的暖和起来，抵御外面飞雪漫天的寒气。我把冰箱里一块牛肉拿到微波炉里化冻，我想给她们做一碗牛肉面。我知道陶安口重，喜欢吃辣，我把网兜里的干辣椒全都倒了出来，我要做两份，一份清淡的给龙龙，一份辣的给陶安。我想起冰箱里还有半瓶可乐，我手忙脚乱将它倒进钢锅里，拍了一块生姜，她们受了半天冻，可以喝点姜汁可乐。我忙前忙后，像扯棉絮一样从我的体内毫无保留地扯出一大片热情，我像是在挽回和弥补什么。我在挽回或是掩盖我内心深处肆无忌惮的狭隘和残忍。在我提起刀片牛肉时，我竟有种幻觉，觉得她就是那块牛肉，躺在砧板上，生生受着各种刀的凌迟与切割。

她对我的好显然还不适应，对我各种请让她都表现出一种迟钝的木讷，她在我面前总拘脚拘手，反不如先前那么自在放得开了，她可能从我赶她出门这件事里，认识到我是一个抹面无情的人，所以她谨小慎微起来。她的眼睛盯着电视，但我从她的眼神里能看出她的心思不在电视上，她时不时低头去看她的手机，偷偷摸摸地看，只要听到我的响动，她就立刻将视线转移到电视上，她对我生出很强的戒备，她永远处在自己给自己营造的一种不安定感中。

我说，陶安，你要看手机就大大方方地看吧，我不会再干涉你了。林大庆如果来接你你就跟他走，如果他不来接你你就在我这住，不要有什么顾虑。行吗？

陶安点点头，但那头点的像一只受惊的麻雀。

吃了面，喝了可乐。陶安主动收拾碗筷，我将她按下了，可她还是接过来拿到厨房水槽里洗了。这是她在我这里头一次主动帮我做家务。她的勤快越发让我愧疚。

龙龙玩了一会儿就睡了，我将他放到了床上。房间里空调的温度已经起来，推开门便是一股热气。这股热气让我觉得这房子头一次有了家的感觉。

陶安洗完碗后，与我一起坐在沙发上看电视。我们没有说一句话，两眼都盯着电视。我起先对这种沉默感到些局促，总想着去打破，怕这种沉默会凝固，像结冰一样，生长出另一种寒冷与隔膜。我和她之间不能再隔着青石了，更不能让青石还长出苔藓来。可是我不知道该跟她说些什么，于是我们只能这样沉默下去。渐渐地，我竟觉出这沉默的好来。这世间最好的交流也许并不是语言，而恰是这沉默。所有的伤口都是在安静中修复的。

忽然间厨房里传来尖锐的鸣笛声，是自鸣壶烧开水的声音。我起身时，陶安将我拦下了。她推开梭拉门进去，过了小半天出来，手里提了大半桶热水，她将那桶热水放在我面前的地毯上，她搬了只小板凳坐在我面前。我刚要张嘴，她冲我摇摇头，示意我不要说话。

她脱去我双脚的鞋袜，将它们双双放进桶里，水温有点烫，但是可以承受。她在我桶上搭了块毛巾，然后转到我的背后，她的双手落在我的肩上，在她的揉捏下，我逐渐放松，我觉得我的内心像是被什么照耀了似的，很多矗立的横亘的东西都矮了下去，沦为乌有，那些残渣也像肥皂泡一样，在化解破灭，我的心房长出一把笤帚，一笤帚一笤帚地将那些陈年污垢扫了出去。在我的双脚感到水温平和后，她将我的脚从桶里捞出来，用毛巾擦干。她把我的双脚放在她的腿上，然后她的大拇指死死抵住我的脚掌心，忽然间，一股火辣辣的疼劲儿直冲到了头顶。我“啊”了一声，她迅速将我的脚捉了回去，再按，依旧辣疼，但这种辣疼里多了一种麻和酸胀的感觉。她的每一次长按都令我的周身有一种热烘烘的感觉，这种热感一次比一次强烈，在她的又一次长按下，陡然间我全身的汗毛孔张开了，细细的密密的汗顺着汗毛根直往外淌，汗如泉涌。从她的指法我能清楚知道这是一双劳动的手，是一双勤巴苦做的手，是一双在行业里长期操练过来的手，不偷奸不耍滑，坚贞不屈的一双手。

大约一个小时后她才结束按摩。我瞧见她也是汗如雨下，鬓边的头发都结成一缕一缕的了。她将我扶到房间，伺候我躺下，头一次我尝到了挨床就睡着的滋味。那一晚我睡得十分香糯，没有翻身也没有做梦。一觉睡到自然醒，醒来后头也不像先前那么发沉发腻，心明眼亮，神清气爽。龙龙还在睡。我打开房门，看见沙发上和衣躺着的陶安，脸红得像蒸熟的虾子似的。我用手摸了摸她的额头，发烫。

我叫她，陶安，陶安。

陶安喃喃道，好大的雪，外面好大的雪。

我掀开她的被子，看见她的手里紧紧拽着我给她的那部老手机。她像拽一根救命稻草一样拽着它。忽然间，我泪流满面。我知道她还在等待着林大庆。这个狗日的林大庆。我将陶安抱到床上，然后到药店去买了各种退烧治感冒的药。

我刚喂她吃完药，她的手机便响了。她冲我一笑，说，他终于来了。我笑着对她点点头。她强打起精神接电话，没有怨气，只有娇嗔，喂，你终于忙完了，终于想起我们了？忽然，她便不说话了，眼睛里的亮光也没有了，然后就黯淡地挂了电话。

她说，是田文军。

龙龙忽然翻过身来，说，是爸爸，是爸爸要来接我们吗？

陶安说，你想爸爸吗？

龙龙说，想，我刚做梦都梦见爸爸了，梦见爸爸给我带了好多好吃的。

陶安笑了笑，说，你爸爸下午来。

龙龙高兴地“哦”了起来。

我决定继续请假，好照顾陶安。可陶安却不同意我请假，她执意让我去上班，不要耽误工作，她说她能行的，感冒发烧也不是什么大病。在她的坚持下，我同意了。毕竟请一天假就得扣几百块的工资，我挣钱不多，几百块可以过上好几天日子。但我坐在单位的格子间里，总是心里发沉，像压了块秤砣一样。我打开工作页面，强迫自己进入工作状态，可是不行。我决定还是请假回家。

我拦了辆的士奔回家，推开门，客厅的沙发上坐着龙龙，他在看碟机里的奥特曼。我问龙龙妈妈好一点没有。龙龙说，妈妈还在睡。

我推开卧室的门，陶安果真躺在床上，我去摸她的脸，估计烧退了，不怎么烫，但她的脸却毫无血色。我心生疑惑。床头柜放着一只空空的水杯，我打开柜子的抽屉，所有感冒药的胶囊壳里都空了。

陶安，陶安，陶安。我大声地叫她。我开始感到恐惧。我的腿一阵一阵发颤，发软。我慌乱地摸手机。拨打 120。在等待急救车的空当里，我不知道该做什么，我焦急万分又束手无策。龙龙从房间的异样感知到了什么，他在床前摇着他不省人事的母亲，叫她，她不答应。龙龙哭了。龙龙的哭声令我有种想跟这世界拼命的冲动。我掀开陶安的被子，果不其然，她的手里还握着手机。我掰开她的手，拿过手机，翻开通话记录，从昨天将他们赶出家门到现在，陶安给庆拨了整整一百个电话，发了整整八十条短信。

我再次给那个叫林大庆的打电话，话筒里传来的是“您拨打的电话已关机”！

去你妈的。我将那个手机一把砸在了地上。

所幸陶安吃的只是感冒药，毒性没有到夺命的地步，只是洗胃时遭受了些痛苦。看着差不多要把胆水都吐光的陶安，我忽然生出一种心疼。我一把抱住陶安，将她搂在我的怀里。我说，这世上并不是只有一条路好走，寻死是最没出息的。

陶安淡淡回应说，活着无味。

我不知道该如何劝说陶安。谁活着又有味呢。

下午田文军到了武汉，给我打电话，我告知他陶安生病住院了，让他直接到医院。田文军穿着一件不知道从哪弄来的一件军大衣，粮仓般罩在他的身上，上下一般粗。身上还是那股鸭屎鸭毛味。

龙龙看到田文军，跑着冲到他怀里，问，爸爸，你给我带好吃的没？

田文军上下拍拍衣服口袋，说，忘了，下次给你补上，乖儿子。

龙龙失望地回到床边。

看到田文军，陶安把脸转向一边。田文军问，好好的怎么住院了?

我说，感冒了，这几天下雪，冷。

田文军鼻子缩了缩，说，娇气。感个冒还往医院跑，瞎花钱，有那几个钱扔给医院，还不如给龙龙买身衣服。

我准备跟他理论几句，但我忍下了。

他坐下来开始有一句无一句地跟我聊天，聊他的鸭子，大抵不过手头拮据，经济紧张之类的话。想贷款又没多少门路，平时村干部乡镇干部要用他时都跟他嘻嘻哈哈的，轮到他有事去找他们的时候，他们就初一推十五，张三推李四。说着他给我递了根烟，我摇手。他诧异，说，你不是抽烟吗? 我说，这是病房，陶安还在打针呢。

他表现出无所谓的样子，掏出打火机，啪一下点火，将烟点燃猛吸一口，像上辈子就欠这口似的。陶安索性将自己埋在了被子里。她自始至终没有搭理田文军一句。

第二天陶安就出院了。出院那天是晴天，一个红火大太阳挂在天上。屋顶上树上花坛里的积雪开始大面积融化，到处都是滴滴答答的声音。

在家吃了顿中午饭后，他们一家三口就准备起身回去了。陶安虽然不待见田文军，可是她也只能选择跟田文军回去，而我也只得随她，目前她没有别的路可走，何况有个孩子。陶安在收拾行李时，把箱子里那个全家福掏了出来，她摆在我的电视柜上，说，姐，这个留给你，做个纪念。看到那只油墨水画的胳膊时，我鼻子有些发酸，喉咙里像长了一枚刺一样。临出门时，陶安忽然说，姐，我把龙龙留在你这里，替我照看几天，等我跟他找好幼儿园后再来接他好不好？想到我们单位楼下有个临时托管所，我答应了陶安的请求，再者我也舍不得龙龙。看着陶安提着行李箱低着头跟在田文军的后面，我的心有种被刀割的感觉。我的妹妹，小小年纪就说出活着无味的妹妹。可是能怎么样的，人生的酸葡萄不可能由别人来代替她吃。

他们走后，我返身进屋，刚好一缕阳光透过窗户射了进来，照在客厅的穿衣镜上，那光如此的灿烂，像陶安刚来武汉时的笑容。龙龙站在镜子前摆出奥特曼打怪兽的姿势来。他在我屋里欢笑着奔跑，让我有种做了母亲的满足感。我从鞋柜上扯下一张报纸然后蘸上水，将那面蒙了很多灰尘的镜子细细擦拭，我想让那光亮一些，更亮一些。在我擦拭完镜子后，我接到了田文军的电话，他惊状万分地说，陶，陶，陶安她，她跳江了。

……

瞳孔

一

她妈打电话来，说齐飞翔得了怪病，一日三餐不吃饭只吃土。

吃土？她惊住了。他真的患了异食癖。是报应么？三年了，她有了回家的勇气，她要去看看吃土的齐飞翔。

她的家在一个偏远乡镇的粮管所里面。粮管所早已垮了，水泥砌的两个圆形粮仓像一对奶子直挺挺朝天耸着。硕大的水泥晒场上铁扫帚苗长得齐人高，像一座坟场。她从那堆乱蓬里看见了那个小土包。那个小土包像一个丑陋的乌龟，趴在衰草丛中，好像是活的，直往草里钻，好像要躲着她似的。

穿过晒场便是一排平房，她家在顶头上。母亲站在门外迎她，问她是从哪条路回来的？

她说，街上。

母亲问，齐家人看见你没？

她说，没有看见。

夜里母女俩烤着炭火，北风时不时从山墙后面扑过来，撞得门窗咯咯直响。母亲说，他们等会儿会来的。

挂钟在白色的墙上发出均匀的“嚓嚓”声，已经十点半了。她走到大门边打开门，门外守候的冷风饿死鬼一般直往里钻，她打了个冷战。她吸了吸鼻子，空气中没有人也没有鬼要来造访的气息。

她睡前有个习惯，那就是支起两只耳朵，由近及远地捕捉天地间的声音，敏锐的听力让她时时处处都保持着一种警觉，对人世的警觉，像狗一样。近处门窗的嚯嚯声，风吹梧桐树和乌桕树的飒飒声，再远一点，街上住户放电视的声音，打麻将的声音，连人们打哈欠放屁的声音她都能听见，再远一点，再远一点，她听到一个女人的呼唤声。

齐飞翔哎，回来哦。

回来咯。

齐飞翔哎，回来哦。

回来咯。

齐飞翔哎，回来哦。

回来咯。

她打了个激灵，猛地从床上坐了起来。齐飞翔的魂掉了，他快要死了。

她觉得应该去看看齐飞翔，可墙上的父亲冷峻地看着她。

她跟他，永远都是仇人。

二

他们都是在粮管所长大的孩子。她的父亲是质检员，齐飞翔的父亲是粮食收购员。每到粮食出产的季节，他父亲就会开着所里的拖拉机到处运粮食。齐飞翔带着她爬到拖拉机上鼻涕虫样地扒着车栏杆，死活就不下来。

田野的风四处乱撞，把他的白褂子吹得跟旗帜一样，她的裙子也被掀翻了。他说，我看见你的屁股啦。她阔气地说，看吧，看吧，反正又不少块肉。

收割过的田地是褐色的，像大地长出的一块块疥疮，那些稻茬和泥土，被太阳照出一股子腐败味。挨马路边住的人家，将收回来的稻谷铺在路上。每看到这样的谷场，齐大国就加大马力往前开，惊得女人们慌慌地背着扬叉往边上躲，他父亲双手掌着扶手笑得如同羊癫疯发作。女人们便用扬叉追打着他，有的女人企图用扬叉把车厢里两个小崽子叉下来，吓得他们在车厢里四处跳脚。

早晨出发不到太阳升起，车厢里的稻谷就码成了一座山。他俩跟卖粮的农户们坐在高高的麻袋上，一摇一晃。乡间公路，两旁都种着白杨树，手一伸，就能搂一把树叶下来，他们就这么一路搂过去，看着大把大把的树叶在风中飞跑。他说，这是买路钱。她便跟着他疯狂地撒“买路钱”。

他们这儿是粮窝子，农户们都种三季稻，每到收粮时，粮管所一天到晚闹哄哄的，门前大马路上等着卸粮的拖拉机、卡车、板车、牛车排出好几里地去。小镇上卖茶水的、卖瓜果的、卖冰棒的、卖针头线脑的都往人窝子里扎堆，热闹就跟过年一样。

她的父亲戴着草帽卷着裤腿，手里拿着银色的钢戳子，往排成行的麻袋上戳，每戳一下，那些肿胀的麻袋就会发出“噗”的声音，她的耳朵也会跟着跳动。父亲手法精准，带着凹槽的钢戳子杀进去拔出来就会带出一小把稻谷，那些稻谷摊在父亲的掌心里，就跟一只只睁着的小眼睛一样。父亲会凭着这一小把的谷子高声喊出甲乙丙丁来。甲是最好的，价钱也最好。喊完后就可以过磅秤了。

十多只大磅秤死胖子样趴在粮仓前，被烈日煎出浓重的铁腥味。

两旁卖粮的农人看着父亲都咧着嘴笑，活泛点的农人递烟过来，周到地夹在他的耳朵上，父亲也不拦着。拖粮回来的齐大国摇着草帽挤在女人堆里，说，你们这些婆娘就不开窍，告你们一巧宗，余哥手里的戳子跟那玩意一样，你们把他那玩意弄硬了，这戳子就能听你们的话了。握着钢戳子的父亲咧开嘴大笑，一个奶子翘翘的女人捧着一只茶缸子站在父亲面前，说，余师傅，喊了半天渴了吧。父亲接过茶缸子喝酒样仰头而干，然后父亲高高喊了一声，甲。

父亲的那声“甲”像块瓷片划过她的心脏，她从那个嬉皮笑脸的“甲”字里听出了随意与包庇，也听出了某种坚固关系的松动。她忽然对未来充满了担忧。她隐隐觉得父亲有可能会变心，从他跟那些光膀子女人说笑中她觉出了父亲对家庭的不忠贞。

三

对父亲变心的担忧每天都折磨着她，令她无法安心学习，她的成绩本来就不好，中学里添了英语、化学和物理后更是赶不上趟。齐飞翔跟她是一路货色，于是两人谈起了恋爱。你写一张纸条给我，我写一张纸条给你，夹在课本里，地下工作者似的传来传去，有时候走在路上，冷不丁她的脚边就会飞来一个纸疙瘩，用透明胶层层裹住了，她捡起握在手心里像握着一颗炸弹，心里怦怦直跳，没尿也往厕所里跑，蹲在最里面的坑上展开纸条，起头的一个“娟”字就令她面红耳赤，纸条里每一个字都像是棒槌敲着她的心鼓。

很快学校就传出了她跟齐飞翔早恋的事。老师将此事告诉了她的父亲，父亲没有找她谈话，但是通过母亲的口她知道了他们的态度，母亲说，女孩子名节重要，不要做出格被人诟病，镇上人人都长着眼睛。

她明白他们的话，他们并没有反对她跟他来往，他们根本没指望她能成龙成凤，他们靠着粮食生活，只知道有碗饭吃是人生最重要的事。她觉得父亲从心里是轻视她的，他不想给她搭建一个更高的平台，他认为她的她的前程不过是与齐飞翔过过小日子。

她陡然间就生出了不甘心，也陡然间对父亲生出了怨恨，不被重视的怨恨，这些别扭藏在心里，表现出来的便是冷漠。

那时粮管所因从信用社贷不到款只能打白条，粮管所愈加冷清了。齐大国一家已经搬出了院子，在乡卫生院对面买了地基盖了楼做起了小本生意，偶尔开着所里的大卡车去收粮，但拖回来的粮食却少得可怜。许多粮贩子像鹞鹰似在乡间盘旋，逢到有收割的田地就守在田垄里收地头粮。

父亲那柄威风凛凛的钢戳子也吸引不了众人的目光了，农人席地而坐，谈天说地，再也没有农人把烟装到他的耳朵上了，也没有光膀子和奶子翘翘的女人们围拢到他身边了。

晚上在木槿花开的院子里吃晚饭，父亲的脸总是阴沉沉的，看见她剩口饭在碗里竟忽然发起火来，将她的碗摔在了地上，父亲说，吃不完就不要盛那么多，留个碗兜子给谁吃，你喂鬼呢！她顶撞道，是，我留着就是喂鬼的。

就是从那晚开始，她有了睡前捕捉声音的怪癖。在万籁俱寂的深夜里，她的耳朵顺着大院到了街道继而上了公路然后到了西角广衰的田地里，她将双耳插在地里，凝神聚气。她听到干涸的水沟里泥鳅甩着尾巴在钻洞，她听到堰塘里母鱼腾空跃起将肚子里的籽板在水里，她听到收割过的田地里稻茬在喘息在呻吟，她听到坟上的阴人与荒地上野鬼的叹息，她听到棉铃虫与稻飞虱在交配繁殖，她听到许多害虫在啃食庄稼，大口的，疯狂的，咀嚼得汁液横流，她听到大地在挣扎在喊冤在吼叫在颤抖，面目狰狞。她吓得赶紧将耳朵收了回来，她的后背流出一身冷汗，然后在虚脱中睡去。

她一天到晚神情恍惚，到食堂打饭，看见那些白花花的米饭她就满含愧疚，只有她知道这些米饭是田地忍着疼痛长出来的，是胞衣、是血肉。

四

对于她跟齐飞翔的出路，家里人都谋划好了，初中读完就到省里读粮校，将来回这个粮管所来，再不好，总是吃公家饭，官商总归是官商，比个体经营户要体面和稳当些。读粮校要不了许多分，他们刚好考过了中专的分数线。

暑假里，所里那辆淘汰的拖拉机不知怎么的竟被齐飞翔给捣鼓响了。那天是傍晚，夕阳的余晖透过院墙的一排梧桐树照射过来，她踩着一辆自行车张开双臂在金黄的光里穿梭。齐飞翔不知从哪弄来个摇把，他把它插到拖拉机头的锁洞里。摇了十几下，那堆废铁纹丝不动。齐飞翔用脚踹了踹，又用拳头捶了捶，再摇，不动，再摇还是不动。

许多人都说，本来是坏了才淘汰的，风吹日晒这么多年了都锈透了，你摇死也没用。

齐飞翔不说话，咬着牙齿狠命摇，他身上一件蓝色T恤已经湿透了，脚下是一摊湿印子，他似乎就跟这拖拉机给较上劲了，摇着摇着拖拉机忽然“轰”的一响，“突突突”跳了起来，把满场院的人都惊动了，大家都啧啧叫着，纷纷后退给这辆苏醒过来的机器让路。齐飞翔从仓库找出一瓶柴油倒在油箱里，然后上去挂挡，踩离合，车动了。这废铁居然又活了。

齐飞翔两手搭在扶手上，笑得一口白牙在阳光下闪闪发光。他七八岁就会开拖拉机，好几次下乡收粮他爸喝醉酒后，满车稻谷都是齐飞翔给拉回来的。

他朝晒场上喊了声，喂。然后头朝车厢摆了一下。

她立刻就扔了自行车，奔了过来，借着一个水泥墩子，把自己弹进了拖拉机的车厢里。

齐飞翔像得了宝似的，在众人的阻止声和笑骂声中将拖拉机开出了粮管所，开到了街道上，拖拉机像副莲花落，一动似乎全身都咯咯响。镇上所有的人都看着这台锈迹斑斑，漏着黑油的拖拉机，看着拖拉机上两个穿着出格的少年。青年们惊呼着向他们吹口哨，却都被他们长辈的吼声给镇压了。镇上许多人看着热闹，但他们的眼神却是不屑的，他们说这叫出丑弄怪。可他跟她却毫不在乎。她甚至故意将头发上的橡皮筋拉下，任头发吹得七零八落。她年轻，她敏感，一点点不怀好意的目光都让她生出恨意，她就要挑战这些长者的威风，她就要让他们看不顺眼。跟一种约定俗成的规矩做抗争是多么的需要勇气，她在车厢上喊着叫着，不屈从，她觉得她跟齐飞翔是一对英雄。

拖拉机沿着乡村公路开到了村庄，开到了田地里。她趴在车厢的栏杆上看着夕阳西沉，听着哇鸣和蛐蛐叫，听沟水潺潺。她想找寻她夜里所听到的那些声音是潜伏在哪里的。可是在白天里田野充满生机充满希望，草垛上都能结出葫芦，篱笆上也爬满豆荚，连坟地里都长出了南瓜，到处都是郁郁葱葱的。忽然间她的心里充满了忧伤，原来大地也善于伪装。

公路像绸缎一样朝着天边徐徐展开。她听到时间在头顶上滑过，她希望这条路永远都没有尽头，就这么一直走着，走到死。暮色重了，拖拉机的灯打开了，那光在这黑夜里显得弱不禁风，在广袤的黑暗中她隐隐感觉到了活着的危险，一切都是苍天覆盖的卵子。

她有一种想要赤身裸体的强烈愿望，要一丝不挂。这样想时，她已经在车厢里一件件脱去自己的衣服，她的乳房已经发育得跟香瓜胞子一样大小了，还长了腋毛和阴毛。她的梦里开始出现男人，穿着白褂子，远远的，都是父亲的样子。她的身体深处时常会热血涌动，像水烧开了一样，会有一种欲望，一种渴望被撕裂、被强暴、被庞然大物生吞活剥的欲望。这种欲望惹得她热汗涔涔又羞愧难当。她是处女，是最纯洁的女子。她母亲总说，处女烹茶，茶是香的，处女斟酒，酒也是香的。

你在干什么，好香啊。齐飞翔嗅了嗅鼻子，问道。

她沉默。

哇，好香，一股好奇怪的花香。齐飞翔又嗅了一下鼻子，他扭头朝后面看了一眼。

然后拖拉机吼了一声，又向前跳了一下，猛地就熄火了，不动了。月亮从西边爬出了半张脸，启明星似乎挂在高坡上那丛芭芒林里，繁星和银河都出来了，天空一下子就亮了。“轰”一声，齐飞翔跃过栅栏跳到了拖厢里，他也把自己脱得一丝不挂的，躺在她的旁边。她不知从哪里生出的一股勇气，她牵着他的手将他引向自己的胸部，她感到他的手指颤动得厉害，她对他笑了笑。他开始抚摸，开始在她身体里面制造波浪，一波比一波有力量，将她的渴望逼到悬崖上，逼向尽头。

银色的光辉、静谧的荒野和青草生长的气息让她觉得有神在降临，她像是受了某种加持似的，陡然间心里发出了光，生出天大的胆量，她身体里热血奔涌、像要破裂一样，她张开腿，引领他进入到她的深处，疼痛如天地初开。那一刻，他是她的盘古，她必须咬着牙承受他挥舞的刀斧，这样她才能从混沌中破壳而出。

她有一种如愿以偿的满足感和宛如新生的神圣感。像是开了天眼般，她一下子就知晓了人世的许多秘密，她有一些兴奋，看着月亮竟笑了起来。

五

粮校里她学的是粮检专业，齐飞翔学汽修。她原以为粮校会有大块大块的实验田和各种感应器装置的科研室，专门研究和培育粮食，会有各种闪着金光的稻谷。直到缴完学费她才明白粮校很简单，简单到只有两栋楼，一栋教学楼和一栋宿舍楼。粮校许多专业都跟粮食八竿子打不着，竟然还开设酒店管理和服装设计课程。

如何通过耳鼻口眼手嘴这种感官触摸鉴别粮食等级，这些她早就知道，她的五官似乎比别人要格外神经丰富些，她甚至怀疑自己有特异功能。在田间地头她伸手触摸着抽穗的和灌浆的稻谷，是早稻中稻晚稻，是常规稻还是杂交稻她心里一清二楚。粮食在她的眼里是神圣的也是诡异的，诡异到同样的稻子不同的人制出的种会不一样，同样的稻种撒在不同的田里味道也会有差别。

她双脚踏着土地，双手摸着稻谷长大，她觉得自己有秤砣一样的分量。

三年级上学期期中的时候，父亲把她和齐飞翔都叫了回去。父亲那个时候当上了粮管所所长，老所长退休了，提议由父亲任所长。那天她跟齐飞翔都以粮管所职工的身份开了全所大会，连所里的老小家属都带了。父亲像一个大势已去的君主，面临这破碎的河山。父亲说，国家放开了粮食价格，粮食市场化势不可当，我们粮管所作为计划经济时代的一种粮食机构，被体制圈养了几十年，如今已是到了日落西山的地步。

父亲说，过几天，省粮食厅市粮食局的领导要到我们粮管所来看看，我们能让人家看什么？看几口空仓？看几只生锈的磅秤？看裂得像沟一样的晒场？作为一个跟粮食打了大半辈子交道的老粮人，我唯一能做的，想做的就是即便是死，我也要带着大家死得漂亮，我们为国家收了几十年的粮食，守了几十年的粮食，从这个乡有粮管所这天起，我们乡就再也没有饿死过人，我们上对得起国家，下对得起农民。我们不能让他们看我们的笑话，我这几天已经跟一些粮食加工厂、酒厂、种田大户甚至是粮食贩子都联系了，他们都答应借粮让我们填仓，我们有门路的托门路，有关系的走关系，粮食无论多少，我们都要，账要记清楚，将来好还。眼下是真到了生死存亡的时刻了，搏一搏，说不定还有一线生机。在这样的关口，我希望我们所有职工包括家属都能团结一致，为保住我们的粮管所做最后努力！

父亲的话讲完了，但是没有一个人拍巴掌。父亲说，散会吧。会场也没有一个人动。过了一会儿，人群里有了嘤嘤的哭声，这哭声像是溅出的一点火星，沤了半天后，一下就着了，会场一片痛哭。所里上上下下五十号人都扑簌簌落泪。

她跟齐飞翔走出会场。她看到仓库的磅秤上锈出了铜绿霉，粮仓白粉壁一块块扑簌簌往下掉，水泥晒场上水泥炸出了一条条缝，这些家什物件似乎都感知到了大限，开始流露将亡的症候。

在晒场上，她跟他一人点一支烟。抬头看，满天星。他们没说一句话，也不知道说什么。抽完烟她就走了，然后他跟她后面，路灯把他的影子送到她的眼前，而她的影子长长得挂在对面的粮仓上。

为了能把仓填平，父亲交待她跟齐飞翔去向全乡所有农民借粮。

出了粮管所向右拐，沿着沟渠走，没几步便可见大片田地。她扭头看田，这是她的习惯，她摇下车窗，第一次看见田里面居然长出了稗草，她的心里涌起一股悲凉。她感到有种巨大的危险已经潜伏在了四周。

稻草运来了，粮食运来了，按照预想的设计，粮仓都填满了，补好的晒场上也做出了五个丰收型的露天堆。每个粮仓上重新刷了标语“死守国之命脉，民之根本”。

检查组到的那天下午，刚好雨过天晴，西边晒出一道彩虹，赤橙黄绿青蓝紫，七种颜色堆砌成一座拱门挂在粮管所的上空，所有人都仰头看着这道彩虹，都说是吉兆。

大约半个小时后，检查组的车就开到了粮管所门口。父亲领着检查组看了粮管所办公区域、看了圆形的老粮仓。看了常规仓和棚仓，看了所里的卡车和拖拉机，看了传送带，然后转到晒场看了那几个露天堆。所里陪同的人七嘴八舌地说着粮管所的历史，由当初的两架板车三个圆形仓一杆土秤起家，到如今两辆卡车常规仓棚仓和磅秤不容易啊。检查组的头头，一个年近五十的瘦瘦老头始终不发一言。气氛有些沉重。秋高气爽的天气里，她瞧见父亲满头大汗。

然后一行人坐到了平房里临时摆出的长条形会桌前。落座后，那个瘦瘦老头终于开口了。他问父亲，你们全乡一年产粮多少？父亲说，一年 40 多吨。他问，你们仓容呢？父亲说，连晒场的露天堆算下来仓容近五十吨。老头说，你们都堆满了？父亲说，我们年年都是满仓。

老头说，你怕是五年都没有出过这个粮管所的门了吧，你知道不知道你们乡三年前就从种三季稻改成了两季稻，有的农户只种中稻一季，甚至一季都不种的抛荒田到处都是，现在农村外出务工人员多过了留守农村的种田人，而且外出务工的全是壮劳力，留守种田的都是老弱病残，你们乡年产 40 吨老粮窝子一说早已是老黄历了，现在能年产个 20 吨就已经不错啦，说什么粮食产量逐年增加，那是放狗屁，人少了，田荒了，产量却在上升，这不是哄鬼的吗？

将来有口饱饭吃我谢天谢地咯。

父亲的腿在微微发颤。她能感知到父亲内心的绝望与惶恐，他是搬起一块石头重重地砸在自己脚上了。

六

到了学校后没多久，她双眼的眼皮开始跳动，闭上眼睛眼皮也一样跳，没有一刻停息，她不想去看医生，她已经习惯了身上许多的怪毛病。在一个傍晚，她接到家里打来的电话，接通后，过了好一会儿，父亲才告诉她，粮管所已经没有了，所有职工全部买断了，存粮运到了市里的储备库，借的粮食和稻草都还清了。

她没作声。她知道她没有后路了，那个粮管所和它周围的一大片田地都会在将来疏离她，就像不走动，亲情也会变得淡漠一样。

挂掉电话，她跳下床，想出去走走，一出宿舍楼，就看见了齐飞翔，蹲在一排小叶黄杨前抽烟，他穿着一件白色T恤，蓝色西装裤，被淡淡的太阳余晖照着，干净得像被水洗过一样。她在他面前站住。他朝她歪歪头，她就乖乖跟在了他的身后。

在宿舍拐角处，她看到一辆橙红色的大卡车停在两栋高楼之间的阴影处。齐飞翔阔气地给门房大爷扔了一条烟，车就开出去了，很快便驶出了城区，在干燥的郊区水泥路上跑出一阵黄尘，窄窄的马路，两旁高高的白杨树，被晚风吹得一片脆响，马路两边是农田，但却闻不到庄稼的气息。她嗅了嗅，从初冬的泥土中嗅出棉花秆的味道，她知道这里的田地已经大面积种上了棉花。穿衣已经比吃饭重要了。

黑咕隆咚的夜，即使车灯开启也驱不散这棉被般厚重的夜色。空气中有了薄薄的寒意，前面就是长江的支流了。齐飞翔“吱”一声将车停在江堤上，江面瘦成一条脐带，江水几近枯竭，沙石与杂草填满了江滩。江堤的这边依然是棉田。

吱吱、啾啾、嚯嚯、咕咕，她的耳朵一跳一跳的，她听到大地深处的各种声音，虫鸣、鸟叫、兽吼，这万籁俱寂的沉静里潜伏着各种躁动。隔着干枯的江岸看对面城市的灯火，像一个穿着艳丽衣裳的妓女。

齐飞翔拖出一条棉被铺在车厢里。她躺下来一件一件脱去自己的衣服，赤身裸体，她向天地打开自己，像蛾子从茧中挣脱出来。她被一把火烧着，不觉得寒冷。齐飞翔也快速脱去衣服，她搂着他像搂着一段燃烧的炭。这样的炽热是另一种真诚，令她心头一震，这滚烫惹得她汁液横流，像一瓶水被打泼了一样。她张开腿，如一座粮仓向丰收的田野敞开。她的道路狭窄，他一点一点挺进，小心翼翼却又百折不挠，像一个农人挥舞着镰刀在荆棘密布的芒砀中前行。她忍受着初极狭的疼痛，在猛然的一沉中，她才有了豁然开朗之感。天地玄黄，宇宙洪荒。她的身体像江水一样流淌起来，在无边的旷野中渐渐失去重量，像一具空洞，这种恐惧令她死死抱住齐飞翔，她想拼出全身的劲把他摁到自己的身体里去，她需要他来填充她的身体。她是荒野中的一棵庄稼，需要他的灌溉，在丰沛的雨水中，她膨胀疯长，长成一棵参天大树，枝桠横生。她希望他能给予她狂风和雷电。她希望有一种无限的能量来同她作战，能摧毁她击垮她。她的耳朵里又传来啃噬的声音，密集的，像一架永不停歇的缝纫机，似乎要把这种声音缝到她的身体里去。她痛苦地哀叫着。她希望即刻就沉沦。身体本就是上苍赋予的疆场，在天塌地陷中，她希望听到金戈铁马刀枪鸣响的声音，她需要这种声音去掩盖她耳朵里的啃噬声。她叫着，嘶吼着，像一头被困的母兽，在左冲右突中找不到一条出口，天与地都塌陷了，绝望中，她终于听到了武器的声音，听到了强有力的挥动，终于厮杀了，奔腾了，她被他挥舞的斧头砍去了双手砍去了双足砍去了头颅。她沉到了万劫不复中，跌入到了无底的深渊中，无比快乐的下坠，下坠。尘归尘，土归土，世界总算安静了下来。

他在她身边躺下。良久他说，粮管所倒闭了。

她说，我知道。

他说，我打算去当兵。

她顿了顿，说，去吧。

他说，不知道能不能考上。

她说，能的。

过了一会儿，他问，你会等我吗？当兵要当三年。

她说，别说三年，一辈子都等。

他满意地叹了一口气，用右手紧紧握住了她的左手。躺在这样宽广的天地中，她觉得一辈子是多么漫长，有些东西是值得等待的。

他问她，想你了怎么办？

她说，你知道，粮食是大地的瞳孔，我就是粮食，泥土里就藏着我的味道。

半个月后，她就从学校的光荣榜上看到了他的名字，学校里一批应征入伍的学生中，他排在第一。他给她打电话，叫她第二天早上六点去市政府广场送他。次日里，她顶着霜风一路小跑来到市政府广场。她看到一支身穿军装胸带红花的整齐队伍，边上两支穿红着绿的腰鼓队将锣鼓敲得震天响，四辆军用卡车在水泥路旁等候。

她趴在栏杆边饿狼般在人群里寻找齐飞翔，她实在是看不见他在哪。她喊他的名字，但是她的声音被两旁的锣鼓声敲得粉碎。这种带着恶意的捉弄令她怒火中烧，栏杆边有便衣警察，他们时时盯着她，怕她有过激的举动，没有一个人替她往队伍里递句话儿，她声嘶力竭地喊他，可人群中没有一个人回应她。然后这支队伍被引领着整齐地上了卡车。她忽然生出一种紧张感，她跟他之间她没有感知到时间的善意与祝福。

七

北风越来越肆虐了，窗边的那棵楝树像一只猛鬼样直往窗棂上扑。

齐飞翔哎，回来哦。

回来啦！

齐飞翔哎，回来哦。

回来啦！

齐飞翔哎，回来哦。

回来啦！

齐飞翔的魂魄还在这寒冷的风中游荡。她觉得齐飞翔大抵活不过今晚了。

父亲的两只眼睛在墙上盯着她，像两只钢戳子一样时时戳着她。她必须要将他的仇恨继承起来，这世上唯有仇恨才具有盔甲的质地，这样的硬气能撑住脊梁撑住头颅，撑住生命。

在齐飞翔入伍半个月后，她隐隐感觉到身体有一些不对劲，她总觉得她的小肚子里像是游进了一条鱼，这条鱼整天在里面吐泡泡。

她猛然惊觉自己怀孕了。

没有呕吐，没有倦怠，没有腰腹酸软，没有一般孕妇怀孕的兆头，但是她能肯定自己怀孕了。这是一个天大的喜讯，跟早春里看到青草往外拱一样令人高兴。她没有一丝一毫的慌乱，她镇定无比，她觉得她的全身上下瞬间笼罩着一层圣光，活着的身体里有另一个生命活着，这是多么神奇的事情。

两个月后，齐飞翔的电话才打到学校的门房。门房师傅来叫她时，她立刻冲出了教室。他说集中训练结束了，马上新兵下连，部队领导找他谈话希望他去驻守内蒙古戈壁滩，那里的边防哨所只有一个人，驻守两年，部队答应提干，解决工作编制问题。他已与家里人商量过，他父母是支持的，他也就答应了。他告诉她那里黄沙滚滚，荒无人烟，只有天地和黄沙。一部电话只能通到营部，每隔三个月营部通信站才送一次信。他已从恶劣的环境中感知到了恐惧，他对未来有种无法把握的悲哀。

他求助于她，她是他的光，是他穿越黑暗的力量。她的眼睛里装着滚烫的砂石，装着天荒地老，装着坚忍不拔。她说，去吧，战士，我等着你，永远等着你。

她流下眼泪，她忘记了说怀孕的事。

她悄没声息地孕育着这颗种子，她每天都静静地听着子宫的动静，她于一个夜晚听到了这个小生命的心跳声，均匀有力的“砰砰”声，像敲一只小皮鼓。她激动得一个晚上都没有睡着。睁大着眼睛看着窗外的操场，看着月亮的光辉将树的影子从东边挪到西边。

她的肚子一天一天变大，终于凸了出来。同学们都向她投来异样的眼光，都问她是怎么回事，她不说，什么都不说。老师在一个晚上来到她的寝室，问她怎么了，她知道再也瞒不住，她说她怀孕了。老师问是谁的？她没有回答这个问题。任她怎么问，她不再开口说话。校领导也找她谈话，也问了她怀的谁的孩子，她照样不说。校领导问她知道不知道廉耻，她把头偏向了另一边。最后校方给了她两条路，一条要么交出孩子父亲然后打掉孩子继续上学，一条要么退学，愿干嘛干嘛。她选择了第二条。她来到宿舍将铺盖一卷，衣服一收打个包背在背上就出了宿舍门，出了校门后，她将铺盖扔在了垃圾桶，两手空空地走了。

太阳下，她看了看自己的手，因为孕育，她的手有一些肿胀，掌纹被撑开了，她看到自己满手破碎的纹路，如小刀胡乱刻得一般，杂乱无章。

她挺着肚子回到了家。父亲跟母亲在木槿花遍开的院子里看着她，目瞪口呆。她说她怀孕了。母亲问，是谁的？她说，齐家的。

母亲问，你这样子怎么上学啊？

她说，不上了。

父亲说，不上了，你毕业证都没拿。

她说，拿不拿都一样，粮管所都倒闭了，这世上哪里有个万年桩。

父亲站起来将屁股下面的椅子高高举起，要向她砸来，被母亲拦住了。母亲说，她怀的是齐家的种。

她在房间里听到院子里的父亲高声叫道，当初生下她，就该把她摁尿桶里，这就是个孽障啊。

第二天一大清早，父母就在厨房里忙活起来，案板上摆着鱼和肉，两棵新鲜的紫苏放在银色的水瓢里。水池边的煤炉上一锅母鸡炖花菇已经滚穿了，咕噜咕噜地把黄油推向边缘，从里涌出一层一层醇厚的汁液。

菜快上桌时，齐大国夫妇来了，两个人都两手不空的，齐大国一手提着一盒八宝粥一手提着一盒高钙奶，他老婆一手提着一盒旺旺雪饼一手提着一盒早餐饼，这礼品火红的包装热闹得很，把他们家的小茶几都占满了。

母亲说，不用这么客气，以后就是一家人了。

齐大国呵呵笑，说，礼数不能少。

齐大国的老婆一眼就看见了她凸出来的肚子，她瞥见她眼睛里闪现出的惊讶和鄙视。这女人拐了一下齐大国，把下巴朝她的肚子这里扬了一下，齐大国朝她看了看，然后也用胳膊拐了一下女人，意思是他知道了。她没有动，就这么挺着肚子让他们看。

父亲给齐大国倒酒，齐大国捂住杯子不让倒，说是高血压不能喝酒。父亲说，堂堂一个所长给一个开拖拉机运粮的小职工敬酒，哪兴不给面子的。

齐大国说，粮管所是老黄历了，你现在不是所长了。

父亲的酒瓶子收了回来，哆嗦着放在了地上。父亲说，不喝就不喝吧。那，那吃菜吧。

母亲也堆出笑脸，说，吃菜吧，尝尝这个紫苏鱼。

齐大国说，老余，你是有什么事吧，有事就说事吧，这年头腊月的，我那铺子关门不能关太久。

父亲往杯子里倒了一杯酒，仰头喝下，他的头颅似有千斤重。但他还是挣扎着抬起了头，他说，老齐，咱们结亲家吧。

齐大国说，这是从何说起?

父亲把她从座位上提了出来，说，我这不要脸的闺女，这肚子怀了你们齐家的人。

齐大国说，娟子，这真的是齐飞翔的？娟子，你是个好闺女，也是我们看着长大的，我们也心疼你。可是这事是件大事，你知道吗？齐飞翔在驻守边防，得要三年才能回家。

她说，我等他。

齐大国说，娟子，这不是等不等的问题，你还没明白我的意思，你等，这孩子不能等啊，你肚子一天天大起来，你难道要把孩子生下来吗?

她说，为什么不能生下来?

齐大国一巴掌拍向自己的脸，他眉间下那颗肉瘤子也一颤一颤的。他说，你的日子还长得很，孩子将来有的是，这个你说是齐飞翔的，我信，所以我们齐家拿钱出来，我们把孩子做掉，这样对你好，对齐飞翔也好。

她说，不！

齐大国忽然间跪下了，他说，娟子，算叔求你了，你不能毁了飞翔的前程啊，娟子，你要体谅我们做长辈的心啊。

齐大国在她的脚边磕头如捣蒜。她坐在椅子上无动于衷，她的心裂开一道道豁口，狭小的缝里满是黑暗。她看见父亲捏着酒杯在抿酒，一口一口地，吞咽中喉头忽上忽下，他的牙骨忽然咬紧了，脸颊肉突出来，腮边的青筋也突了出来。父亲霍地起身从桌边摇摇晃晃站了起来，他把圆桌面一掀，一桌子菜叮铃哐当全滚在了地上，包括那锅咕噜咕噜的鸡汤。几只圆盘在地上转圈，发出咯咯咯的响声，墙上的挂钟擦擦擦走得格外的惊心动魄。

父亲猛然拽住她脑后的头发，将她拖到大门外，她痛得倒抽一口凉气，尖叫着抱住廊下的水泥柱子。父亲扯着头发将她的头往柱子上撞，她松开手。父亲说，走，去卫生院，去把这孽障打掉。

不！她说不。她扯住一棵木槿，牢牢不松手。她喊着妈。母亲从屋里赶出来，要掰父亲的手，却被父亲打了一巴掌。她倔强的力气和果断的“不”字激怒了父亲，父亲用力的拖拽，活活扯下她的一把头发，血从她的头上渗出。父亲像头发疯的牯牛，他红着眼睛，拽着她的衣领，像拖着一只狗一样，将她拖到了粮管所的一个化粪池边，刺鼻的恶臭向她扑来，汹涌地穿入她的体内，她的肠胃翻江倒海。这个化粪池以前也是热闹的，总有附近的农人抬着粪桶来打粪，为一瓢粪打架是常有的事儿，那个时候粮管所里职工的屎都能卖出钱来。现在化粪池的屎都凝成了固体。父亲的双手老虎钳子一样，按着她的头，把她按向污泥一样的粪便中。她的不洁和她的被遗弃让她等同于粪便，她的头颅像一颗炸弹搅翻了平静的化粪池，邪恶的臭气翻起巨浪向她扑来，她使出全身的力气挣扎，可是她挣扎不过愤怒中的父亲，父亲把她按下去又提起来，按下去又提起来。

她从院子里一朵木槿花里看到了一只蠕动的小白虫，她从粪池里的粪便中看到了一段段劣质肠道，她从晒场上齐大国跟他女人的眼睛看到了一柱冰凌。她不再挣扎，她终于向他的父亲跪下，她哇哇呕吐，直到吐出腹中的清水为止。

她晕厥了过去。

她在一阵割肉般的疼痛中醒来，她看到自己被绑在一张高椅上，下体裸露着，两脚踏在两只铁板上，双腿张开，如囚犯被绑在刑具上。她听到金属器械冰冷的声音，她听到子宫里肢体被割裂的声音，肚子里那面整日“砰砰砰”敲个不停的小皮鼓没有了，她听到她身体深处哭泣和呐喊的声音，可是她动弹不得，她所有能挣扎的地方都被捆绑了，她连她的阴户都被某种器械固定住了，她如躺在干涸中一条奄奄一息的鱼，她唯有眼泪还能澎湃还能汹涌。

母亲在她的身旁，不断的用一块手帕擦拭她的汗。母亲也在流泪。而她已万念俱灰，她只感觉到冷，四面八方的寒气都向她逼近，刀枪似的刺入她的骨髓。她多么希望此刻能够死去。

她侧身看了白色瓷盘中一团模糊的血肉，有一截透明样的肉弯在那里，像一个问号，那应该是头，她看见顶部有两个圆圆的黑乎乎的东西，她看着它，它也看着她，她终于看清了，那是一对眼睛，孩子的眼睛，一对正在发育的瞳孔，它睁着，像两盏灯一样照着她。

八

父亲在那个腊月里起了病，一起病就倒了床，才半月就去世了。离过年还有十天。安葬完父亲，把父亲的相片挂在墙上，那个年，她跟母亲啃着馒头度过的，墙上的父亲默默地注视着她们。她不敢抬头看那张照片，照片上父亲的眼睛像他壮年时握着的那柄钢戳子，而她是他手里的一把粮食一把种子。

除夕夜，在别人的轰轰鞭炮声中。她对母亲说，妈，我们搬走吧。

母亲说，我那儿也不去，我就在这里，我要睁着眼睛好好看看。

她的心里像插了一枚刺。她问，您要看什么？

母亲说，我就是要看看。

在父亲满五七那天，齐大国的女人提着一只鸡和一篮子鸡蛋来到她家，这女人的身后还跟着一个男人。这个脸上长着紫红色胎记的女人，一进门就响亮地打了个哈哈，她把那只翅膀上缠了麻绳的母鸡放桌子下，把那篮子鸡蛋放桌上，然后在她身边坐下，也招呼那个男人坐下。母亲台山一般坐在电视柜那里，炉子上垛着新鲜的开水，但母亲并没有起身去给他们倒杯茶。

气氛陡然间就尴尬了。

女人未开言先裂开嘴笑了笑，对她说，娟，这是乡水运站钱主任的儿子，叫钱满堂，属龙的，大你六岁，在邮政局上班，吃财政饭的，县里镇上都有房，条件没得说，有一点婶也不瞒着，就是离过一次婚，但没孩子，男人嘛离婚也不算啥缺点是吧，婶介绍给你，你看看怎么样?

那男子把头一低，两手在腿缝间搓来搓去，半天也没放出个屁来。

门外一阵冷风吹来，她打了个冷战，她抬头看到墙上的父亲，那两束锐利的目光，像利器一样刺向她。她走到桌子前，将桌子底下的母鸡扔出门外，那鸡惊慌失措的咯咯直叫，将一篮子鸡蛋也扔出门外。

她对齐家的仇恨如石磨上的齿痕，是用凿子和锤子一点点凿出来的，无论磨过多少岁月都不可能抚平，她永远记恨下去，永不和解。

那天她翻父亲的遗物，找出了那把钢戳子，锋利的刀口，浅浅的凹槽，像是一个精致的武器。她握着它到处戳了起来，她沿着那一排排粮仓到处戳，戳的那些风干的石灰墙扑簌簌往下落，她戳院墙边的白杨树，戳得它们炸裂出汁水。她弄得汗流浃背，但却停不下来，她像一架被操控的机器一样不停地戳，狠狠地戳，墙和树坚硬的回应让她愈加兴奋，她喜欢这样的对抗。她几近疯狂，她魔鬼似的在空空如也的粮管所场院里张牙舞爪。她终于筋疲力尽了，她瘫倒在粮仓与粮仓之间的那个大晒场上。她看到晒场旁的小土堆，她怀了三个月的孩子就埋在了那里。是她给他挖的坑，填的土，那是从她身上摘取的一团肉。那团肉长着一双耀眼的瞳孔。

那双黑葡萄一样的瞳孔此刻正看着她。

半夜里她在母亲的身边醒来。她轻手轻脚下了床，收拾了几件衣服揣了几百块钱就出了门。深夜里的小镇有神鬼出没的迹象，四处黑影重重，风里裹着各种怪声。一些包装袋和一些纸片忽然就飘在了半空中，啪一下贴墙上，啪一下撞树上。她像是赴死一样往前走着，她希望就这么走到死亡。

那双掌纹凌乱，能辨五谷的奇手最终落在了省城一家酒店里端盘子，后又在一家商场里做电梯小姐，在超市里做过理货员，在医院里做过护工，在夜总会推销过摇头丸，她还摆过地摊，她的每一份工作都做不长久，她像浮萍一样漫无目的地漂在城市里。每一份工作结束，她都会把自己喝得酩酊大醉，然后瘫倒在马路边，等酒醒。

有一次她倒在一个拆迁工地旁，被两个农民工架着拖到了黑暗处，这两个头发里满是泥土的农民，像剥皮一样剥去她身上的衣服，他们把她死死按在一堆废墟上，一些钢筋和铁丝硌着她的后背，令她非常难受。一个农民工脱掉裤子，露出他黑炭一般的性器，他俯下身来，她闻到了他口中粪便样的味道，她“哇”一下肚中污秽全吐在了他的后背上，食物发酵的腐臭弥漫开来。她败了他们的兴致，他们用脚踢她，像踢一堆烂猪肉。他们最终在她身上撒了一泡长长的热尿才离去。

她赤身裸体地躺在烂砖废铁上，看着不远处高楼上游走的霓虹灯，第一次为城市流出了眼泪。

在她转入一家电线厂做工的时候，她接到母亲的电话，母亲像报喜一样的告诉她，齐飞翔得了怪病，一日三餐不吃饭只吃土。

是报应么?

喊魂的声音已经没有了。忽然她听到风里挟裹着的脚步声，凌乱的、慌张的、急迫的脚步声。

母亲掀被坐起，说，他们来了。

她打开门，她看到了齐大国夫妇也看到了齐飞翔。他穿着一套没有领章肩章的军装，目光呆滞地盯着她。她看见他的脸跟晒干的土地一样黄，一脸的干纹，像个泥人。他的肚子鼓鼓的，他坐下时，两条长腿从椅子上拖到地上，像只死了的青蛙。过了一会儿这只死

“青蛙”活了过来，他站起身走向墙壁，用手抠下一块白墙壁，然后就往嘴里送，像嚼薄饼一样咯吱咯吱嚼了起来，他在她面前吞咽下去，一副通体舒泰的样子，吃完了他朝她笑，她身上的汗毛一根根倒竖起来。

齐大国说，娟子，救救他吧，他魂丢了。

齐飞翔从墙上又抠下一块白墙递给她，说，吃吧，香着呢，比米饭好吃一千倍。

她捏住他的脖子，她的手指伸进他的嘴里，把他嘴里的泥土往外抠，他却将牙齿咬得紧紧的，他视她如敌人，他与她扭打起来，他一把推开她，继续大嚼他嘴里的陈年沙土。

齐大国跟他的女人显然对吃土的齐飞翔束手无策，他们瞪着一双牛卵子般的眼睛看着她，希望她能发发慈悲，他们觉得齐飞翔的怪病一定是她害的。齐大国再次跪在她的面前给她磕头，要她救救他，看在他们曾经好过的份上，看在她曾经为他怀过孩子的份上。齐飞翔一刻也不能停止他的异食癖，他出门，扯起门前的一把野草，他将根部带出的泥土直接抖落在他的嘴里，他大快朵颐，吃得满头大汗。

她屏住呼吸，竟闻到一股异香，泥土的异香。

她看见他的肠胃在他的体内闪着银白的毫光，他的内脏已经异化成了金属质地，泥土被唾液包裹着途径食道落在胃里，在胃液中上下翻腾，然后往肠道游走，泥土沙石将他的肠道塞得满满当当，像腌制的猪灌肠。这些泥土囤积在曲折的黑暗中，缓慢地向前蠕动蠕动。

在不断的咀嚼和吞咽中，她看见他的肚子在一点点增大，胀得如一只鼙鼓，一座坟茔。她知道他会在今夜死去，他的魂已经去了泥土深处，再也喊不回来了。

她想起两年前在市郊棉田里与他交媾的那个夜晚，那汩汩流淌的江水，那如妖姬般的城市灯火和枯蓬连天的滩涂，虫鸣鸟叫，寒月冷星，他们金戈铁马，刀枪响阵，他们厮杀着进入对方的身体，天神降临，万鬼远离。她说，粮食是大地的瞳孔，我就是粮食，泥土里有我的味道。